文芸社セレクション

四国 その向こうの逢魔が時へ

北村 久美子

KITAMURA Kumiko

文芸社

目次

1－1．プロローグ

199×年4月1日未明　高知市玉水町の簡易旅館「菊の屋」二階部分から出火。木造二階建て1棟全焼。火元と思われる二階角部屋の男女2名が飛び降りて重体。他の宿泊客および従業員は逃げて無事。高知県内はここしばらく晴天が続き、乾燥注意報が出ていた。昨夜から冷え込みが厳しく、使用したストーブの火に引火したものと思われる。

山本かおる（23）は、徳島の私立大学の薬学部を出て、今日が病院勤務初日だった。新しい一日の朝がどんな気分かと言われれば、本当に何にも感じていなかった。まあ、単にぼんやりしていたと思っていいだろう。

朝起きて4月にしては寒かったので、すぐにストーブの火を入れた。高知は、お昼になると暖かいが、朝晩の冷え込みは結構厳しかった。

両親はさっさと起きていて、父は書斎で新聞を読んでいた。母は食事の支度をしている。

「あんた、早うせんと！」母が急かすように声をかけてくる。

これから毎日私は母の車に乗せてもらって20分ぐらいで病院へ到着する。母は比較的近くの大きな病院で看護師長をしていた。朝は一緒に出るが、帰りは母はいつも遅いので、一人でバスで帰る。

大学から実家へ帰ってきて、そうだ、運転免許取りに行かなくっちゃと、その時思っていた。

この日は、奇遇と言うか、勤務早々救急搬送の全身やけどの男女が入ってきていたのだ。むろん、救急病院だから当たり前だろうが。

後で玉水新地の旅館の火災のことが新聞に載っていたのを知った。

その時の彼女は、人生の何たるかを、全く知らなかったと言って良い。

この日は、勤務早々朝一番男女の重症患者が入ってきて、病院は異様なほどの活気を呈していた。でも、私たちはあんまり勤務初日のことは覚えていない。覚えるほど余裕がなかったと言っていいだろう。なにしろ、薬局はもとからやることがいっぱいあって、ごった返している上に、新入りの私と真理ちゃんが入ってきたので、みんなパニック状態だった。

薬局の窓口の方で先輩の薬剤師さんたちが薬を取り出したり、分包したり、薬袋を書きながら険しい表情で仕事をこなしている。私たちは、手持ち無沙汰に薬の棚を見て、位置を確認したり、注射薬の棚に並べてある箱を読んだりしていた。

すると、古参の補助の大坪さんが、

「あんたたち、名札付けとる？」

と、やってきた。新品の白衣はさっき受付の子に渡されて着ていたが、名札はもらってなかった。

「多分受付が忘れとるから、取りに行ってきてや」

私は真理ちゃんとうなずきあうと、さっき入ってきた入り口の方へ向かった。

「忙しいんやから早う帰ってきて」

大坪さんが大声で後ろから叫んでいた。

私たちは顔を見合わせると、にっと笑って走り出した。


後で知ったのだが、私たちがばたばたしているとき、運び込まれたのが、玉水新地で旅館が全焼したという記事に載っていた、男女二人の重傷者だった。火傷の状態は真皮層にまで達しているものもあり、脱水も酷くて一時危篤状態だったと聞いている。特に女性の方は落ちてきた柱で右半分に酷いやけどを負っていた。顔にやけど跡が残ると言う話を聞いて、若いのに気の毒だと看護師が言っていた。その後応急処置が済んで緊急処置室から出られるようになると、二人を身近に入院させておくのも問題があると見たのか、男の方の身内が日赤病院の方に転院させてしまった。そうでなくとも、その日の身内同士のやり取りは、すさまじいものがあったようだと、先輩の看護師が言っていた。

後で聞いたのは、二人が不倫関係だったということで、その辺で私はあまり立ち入らないことに決めていた。不倫というドロドロしたような言葉は、その時の私には理解不能だったからだ。ポーカーフェイスの真理ちゃんの方が、上司に言われて彼女に薬を届けたりしていた。

私は両親の意向で、お見合いを繰り返し、その3年後に結婚して大阪へ出た。真理ちゃんは、今では病院の中堅になってしっかり後輩を指導している。そして、そう、私より2年後に薬剤師仲間のサークルで知り合った男性と結婚した。彼女の方は、仕事をしないという選択肢はなかったので、同じ職業の人の方が理解してくれるだろうと言う事だった。彼女と私は最初から気の合う友人だった。なにしろ、どっちかというと、私の方が前向きな真理ちゃんを羨ましく思っていた。私は平凡な性格をしている。彼女をお手本にして病院勤務を続けられたと言って良い。だから、あの日に仲良くなってから、どちらも結婚してからも、大阪から帰ってきては、春と秋の年二回は真理ちゃんと会うことにしていた。彼女にいろいろ愚痴を聞いてもらうと、そんなに友達作りがうまくない私は、自分の人生を何とか肯定できたからだ。そう、私は今でも、あんまり自分に自信はなかった。

1－2. 霧島（山本）かおる（33歳）の話

「かおるさん、何時に墓参りにいくぞね」

私が二階で洗濯物を干していると、階段の下から義母の声がした。

「はあい！」私は洗濯物を干していたベランダから、手にした洗濯物をかごに入れ直す。部屋の中に入り、主人のいる部屋を通過し、子供たちの遊んでいる部屋も通過して引き戸を開けると、階段の上から顔を出した。子供、主人も私が通っても顔も上げない。つまり私は空気のような存在だ。

「お母さん、暑うなったらいかんきに、洗濯物干したらすぐ出かけます」

と、階段の下に立っている義母に向かって、返事した。

「良かったらお母さんも一緒に行かれませんか？　もう一人乗れるし」

義母は少し首を傾げた。

「行きたいけんど、足が動かんきにあの坂道は歩かれへんよ。庭のしきび、よっちゃんに言って切っちょくわ」そう言うと義母は、足を引きずりながら、階段の下から消えた。義母の足は、主人の弟のよっちゃんに言わせると、象の足である。なぜなら、和裁の内職をしていて、ずっと座りづめだったからだそうだ。初めから細くはなかっただろうが、驚くほど一直線に太かった。太い上に短く、それに幾重にも靴下を履いている。彼女に言わせると、この家にびっしり詰まるほど着物を縫ったそうだ。もちろん夫への恨み言もふんだんにちりばめられている。だいたい重たい人生をさらに重くした張本人が、借金を山ほど作った夫だったからだ。まあ、それを言い出したら、話は長いので、聞かないことにしている。

私も、階段の上からもう一度、子供たちのいる部屋に入り、

「あんたたち、もう少ししたらお墓参りに行きますからね！」と、言った。

子供たちは二人で読んでいた少年ジャンプからやっと顔を上げると、

「ええーー」っと、不満げな声をあげたが、それ以上は何も言わなかった。

次の部屋に行くと主人が、

「おふくろ、墓建てて二回ぐらいしか行けてないなあ」と、ポツンと言った。

「でもねえ、墓地まではこっちの車で行けても、けっこう歩く距離もあるし、坂も急だから無理でしょう」

主人はうんうんと頷いた。なんか、酒臭い。これは悪い兆候だった。

「あと、20分ぐらいしたら、行けますから」

私は部屋からベランダの方に出ながら主人に言った。どうせ、私が運転することになりそうだった。さっき投げ込んだ洗濯物を手にすると、私はさっさと残りの洗濯物を干しにかかった。すぐそばを電車の走る音がする。高知駅がすぐ近くなので、速度は落としてい

る。

　私は、洗濯物を干し終わると、入れていたかごを持って中に入った。

「どうする？　窓？　開けっ放しでいいかな？」

「おふくろとよっちゃんがおるからええやろ。閉めたら暑くなるぞ」主人は財布とかポケットに入れながら準備を始めた。

「武ちゃんと、むっちゃん、用意しなさい！」

　彼らは少し逡巡していたが、しょうがないなあというふうに、立ち上がった。膝の上からジャンプが落ちた。

　四人そろって下に降りると、義母が、

「かおるさん、しきびは、手桶の中にいれちゅうきに」と言って息子の方を向く。

「お母ちゃんは、行けんきに、あんたがその分お参りするがぞね！」

　主人は、はいはいと、気楽に答えている。

「よっちゃん、一緒に行きませんか？」私は、誘ってみた。よっちゃんは、私の方に向いたが、後で行くから、と断ってきた。彼の方が、不愛想な夫よりは何倍か他人に対しては、愛想は良かったが、二人比べると、やはり夫の方が総合的にはまるだった。よっちゃんは、お人好しですぐ安請け合いする。堅実な夫に比べると、不安材料が多い。しかも、見た目は夫の方が断然良かった。いつも、よっちゃんのほうが、年上に見られる。義父に似て髪の毛が少なかった。

私が誘ったので、横にいた義母は、少しうれしそうだったが、

「あの子は、後でバイクで行くがやろ」と、小さく言った。

そうだよね、と、私も思った。あまり、付き合いの良い方でもないし、一人の方が良さそうだった。よっちゃんは、あんまり人づきあいがうまくない。それを言うと、うちの主人もそうだった。だが、愛想が良いのはよっちゃんの方だ。

私たちは、手桶を持つと外へ出た。家を裏の出入り口から出ると、目の前に物置になっているプレハブ小屋があり、銀杏の木や、桜の木が大きく茂った雑木林チックな庭があり、その先にもヨドコウの物置が2、3個建っている。田舎の特徴だが、物が増えてくると、収納する物置を設置するのだ。その先に出ると貸し駐車場になっていた。昔は義母が借家を経営していたが、火事にあって駐車場に変えてしまった。あの人は、やる気があって前向きだが、運命の神様は、多分彼女の味方はしていない。火事の原因だって、義母が反対したのに、義父が押し切って入居させた親戚の息子のせいだ。

この件に関しては、死んだ義父が悪者になっている。尤も、彼女の不運の源はだいたい能天気な夫だ。

亡くなった義父は、いつもパナマ帽みたいな洒落た帽子をかぶって、お出かけには義母の縫った濃紺の着物を着ていた。それに黒いステッキを持った姿はちょっと絵になった。頭はほぼ禿げ頭なのだが、二ヶ月に一回ぐらい決まって散髪屋に行っていた。どこをカットするんだというと怒られそうだから誰も言わないが、タクシーを呼んで和服を着てわざ

わざ行くのはなんだかもったいない。その散髪屋さんはもう30年以上前からの付き合いらしいが、来てもらった相手も困るんだよ！　と、内心思っていた。それにうちの入り口の隣が理美容室なのでそっちへ行けばいいのに。隣人関係を良くするためにも。

　まあ、言っても無駄か。

　主人は、実の父とは不仲だった。まあ、相性が悪いのだろうが、母親が苦労をするのを見ているので、余計にそうなのかもしれない。

　義母だって、仏壇に手を合わせているときに、何を思ったのか、数珠を仏壇に投げつけているのを何回か見ている。多分、思い出して腹が立ったのだろうが。

　主人は車の所まで行ったが、

「おい、お前が運転しろよ」と言った。

　なるほど、言うと思ってた。朝から飲んでいたようだから、その方が無難か。

　私は、車のドアを開けると、後ろにしきびの包みと、手桶や線香を放り込んだ。

　その後、後部座席に子供たちが乗り込み、最後に主人が助手席に収まる。

　私は、運転席に乗り込むと、ベルトを締め、ゆっくりと車を発進させた。

　近所の植田さんが、花に水やりしていたので、さりげなく挨拶する。彼女も何気に小さく頭を下げた。

「そういえば、植田さん、娘さんは元気なんでしょうかね」私が言うと、

「おかんが、この前亡くなったって言ってた」

そうなんだ。と思った。子供の頃からの難病で、よく彼女が車椅子に乗せて散歩に連れ出していた。最近、見ないなあと思っていたところだった。

私は駐車場を出ると右折して、通りへ出る道へと向かった。

一方通行の道へ左折してから江ノ口小学校の正門前へ出ると、そこを左折して愛宕の通りへ出る。信号を右折してただひたすら真っ直ぐ行くとやがて愛宕山を登っていく。市内からこんな近くに山があるのも、高知らしいが、いきなり登っていくので、急なカーブをいくつも越えることになる。そして、派手な国籍不明のラブホテルも通り越すと、霊園が見えてくる。

かなり山の上なので、確かに見晴らしは素晴らしいが、それだけ坂がきつい。しかも本山へ抜ける道になっているので、こんな道にしては交通量も多いし、車は皆スピードを出していた。

霊園の入り口が急カーブの曲がり角になっていて、カーブミラーが付いてるが、かなり用心しないといけない。なにせ霊園自体が入り口に入ってどう見ても30度以上と思われるほどの急な坂道になっている。坂道を思い切って上らないと逆行しそうなほどだ。急な坂道の上に管理事務所と駐車場があった。興味深いのは、駐車スペースに車を止めると、すぐ横に、黒い門の付いた、３区画分ぐらいの広さのごく普通の作りではあるが、やや大きめの囲いのある墓があった。

何気なく見ていると、夫が、

「その世界の人達の墓だそうだよ」

と、ポツンと言った。

「その世界って何？」と言おうとして、墓石の文字を見ていて、ああと、思った。聞いたことのある名前があったからだ。高知では有名な男らしかった。知り合いが言うには重厚さのある男前だったそうだ。ちなみにその人の奥さんは女子大を出ていて、品のある美しい女性だったそうだ。注意して墓石の裏に彫られている文字を見ていると、だいたいが30歳で遅くても50歳ぐらいまでに亡くなっている。組の抗争などで亡くなった人たちが入っているのだろう。あの世でも一緒と言う事だろうか。まあそれより、身内とは縁を切ってるやろうし。

そういうことなんだなと思う。それにしても、ここに墓参りに来る人の姿を一度も見ることはなかった。それを言うと私たちも滅多に行かなかったということもある。

私たちは駐車場を出て坂道を下ったところにある、霧島家の墓地へ向かった。急な坂道ということは、頭を上げると目の前に高知市内の全景が見えてくる。それこそ五台山や、浦戸湾までパノラマのように見えている。その向こうの海も水平線が綺麗に見えているのだ。義母はその景色が気に入って買ったようだが、いかんせん、絶景には急な坂道がつきものなので、足が悪い義母は二回ぐらい車で来ただけで、それきり行かずじまいになっている。彼女が言うには、

「まあ死んだらたるばあ見れるきに」ということらしい。

私たちは墓に柄杓で水をかけると、持ってきた雑巾で拭き掃除を始めた。

「あんたたち、ご先祖様のお墓やから、ちゃんと掃除して！」

と、ぼんやりと手桶としきびの束を持って突っ立ってる子供二人に雑巾を渡す。

「はあい」意外に素直に手桶としきびを囲いのレンガの上に置いて、二人が掃除を始めた。

夫はのんびり草引きをしている。

墓地は道から入って一番奥だったので、隣の霊園の壁の横になっていて、ちょうど桜の木が枝を伸ばしていた。春になると墓の上に桜が咲くのが義母の自慢だった。はらはらと、桜の花びらが落ちてくる。でも、それも死んでからのことになる。

私と主人は雑草を引き抜きビニールの袋へ入れた。そうして黙々と20分ほど掃除をすると、墓の周りが綺麗になった。

「しきび生けるからもう一度水を汲んできて」と言うと、二人は我先にと手桶を持って走って行った。

「景色は確かにいいわね」私は主人に話しかける。

「あんだけの坂道やからな」主人も遠くを眺める目つきになった。

しばらくすると、二人の子が我先にと走りながら戻ってくる。

「ほら花活けにお水入れて」と言うと、二人は柄杓を奪い合いしながら水を入れていた。

「ほらほら、水がこぼれるやんか！」私はそう言いながら彼らにしきびを半分ずつ手渡した。二人は数本ずつ手渡されたしきびを扱いかねたように持っていたが、一気にずぼっと花活けに突っ込んだ。

　しきびの葉はつやがあって活き活きとしていた。

「はい！　手を合わせて合掌！」

　４人ともそれぞれに目を閉じた。そうしていると、細かい霧のような雨が薄く降ってきた。

　ここの山の天候は急変するので有名だ。霧もよく出る。

「降り出したな」主人が手をかざす。子供たちも頭に手を当てたので、私は、

「じゃあ帰りましょうか」と言った。

　長男が手桶を、次男が柄杓を持ち、霧のようなひそやかな雨の中を車に向かって歩きだした。

　次男の方は頭を上げると、上に向けて舌を出す。

「こら、」主人が彼の頭をちょっと撫でた。

「霧がわくかもしれんなあ」彼は少し考えるような顔をした。

「この山は、すぐ霧がかかるからねえ」

　私も何度も遭遇している。全く前が見えなくなることがある。道路すれすれに霧が出ていると、どこかでやり過ごした方が良いかもしれなかった。

　私たちは、通路を通ってから坂道に出て駐車場の方へ上って行った。うちの墓地は、急な坂道のある山の中腹の霊苑なのでやってきた人との距離は思いがけなく近く、自分の所

の墓に行くにも、坂を昇り降りする必要がある。車も数台しか停められない。その、同じ場所に事務所も、水汲み場も、ごみ箱もちまちまと存在する。だが、墓に向かって手を合わせて、その後振り返ると、高知市全域が見える大パノラマが広がっている。浦戸湾から太平洋まで見えるのだ。絶景だ。義母は、墓地を買った理由を「景色がえいきに」と、言っていたが、それは嘘だ。けちな義母は、市内から近く、市内の基としては、格安だから買ったのだ。

雨は大したこともなく、もう降ってはいなかった。

「雨、止んだね」子供たちが一斉に叫んだ。主人はトイレに行くというので、子供たちは先に後部座席に入った。待っている間に、私はさっき見た黒い鉄の門が付いた墓の前に何とはなく立っていた。車のすぐそばだった。コンクリートの壁にもたれて見るともなくそれを見ていると、墓石の上に一羽の蛇目蝶が留まっているのに、気づいた。

その横を参拝の人だろう。水を入れたバケツと、柄杓を持った女性が少し会釈して通り過ぎた。顔にかかったレースの薄紫のシフォンのストールと、黒いサングラスがエレガントな白いパンツスタイルをグレードアップしている。全体に白っぽい印象が夢のような印象を与えていた。顔はレースのストールに隠れてほとんど見えなかった。視線を下に移動させると、バケツを持った手元に何かが光った。金色っぽいブレスレットだ。私は吸い寄せられるようにその手元を注視した。ふと、どっかで見たような……と、思ったがすぐその考えは消えた。彼女が向こうの方に消えていく。

蝶は羽を閉じて、静かに留まっていた。はっきり言って、私はそうジャノメチョウが好きでない。何が嫌かっていうと、羽の模様が、目玉に見えることである。目玉に見えると言えば、蛾にもそう言った類のものがあり、蝶よりさらに一層嫌いだ。蝶々はそこへいくと、なぜか優雅だ。美しくさえある。

確かに、その時、その世界の人たちのお墓に留まっていた蝶は、なぜか凝視するほど美しかった。雨あがりの湿り気のある空気の中で凛とした姿で留まっていた。墓の上に留まった蝶は、魂の化身だとか言うのを聞いたことがある。

お前は、誰かの魂なのだろうか?

私は黙ったまま蝶に話しかけた。

「母ちゃん!」ばたんとドアが開いて次男がこっちへ走ってきた。

「ほら、見て!」

長男も傍に出てきていた。私は二人の子を両脇に抱いて振り返った。目線の端で主人がトイレから出て、ハンカチで手を拭く姿が見えた。その時私の視界に入ったのはまず、明るい太陽の光だった。雨上がりの空が美しくはれ上がり、そして抜けるように青い空に、端から端までというぐらい大きな虹が架かっていた。

私たちは時が止まったかのように、空を凝視していた。虹は鮮やかな色から、そのうち徐々に色褪せてくる。高知の市街地や、その先の海までが、パノラマのように見事にはっきりと見えていた。

私たちは4人寄り添って、一言も言わずにその鮮やかな景色を見つめ続けていた。誰も一言も言わず、我を忘れていた。

その時、私の視界の端に何か黒いものが映りこんできた。

その黒いものは、落ち着いて優雅な動きで私たち4人の視界の中へ入ってきた。

ゆらゆらとゆらめきながら、でも、的確にパノラマの先の方へ飛んでいく。

「蝶や！　蝶や！」子供たちが嬉しそうに声を上げた。

（やっぱり誰かの魂や）と、私はぼんやりと思っていた。

なぜかそう思ったのだ。

主人は、二人の子供の間に割って入ると、子供たちは彼にしがみついて笑いあっていた。

蝶はゆらゆらと揺らめきながら真っ直ぐに山の上から市街地の方面へ向けてゆっくりと飛んで、やがて黒い点になって消えていった。気のせいか、先ほどの美しい女性も姿が見えなくなっていた。

再び、私の記憶の奥で、あのブレスレットはどこかで見たとちらっと思った。私たちが4人並んでじっと見ていると、虹も徐々に色褪せていく。

あの時、私たちは、繭玉の中にいるようなはかなげな幸福の中にいた。

2. 小林清美（36歳）の世界

私が、かたつむりを見つけたのは、占いのアルバイト先の店の外のアジサイの葉の上だった。

大きな葉の上に、思ったより小さなかたつむりが静かな歩みで乗っている。葉の上に白い筋があえかな跡を残している。私はかたつむりの薄い殻にじっと見入っていた。

この子はどこまで行くんだろう。歩いた後には、確か白い筋が付いていったと思う。

「きよちゃん先生、なんしとん？」

二階の窓が開いて、みどりが声をかけてきた。私はあの子がやってくると話が長いからと、立ち上がった。長いだけでなく、少し会話がちぐはぐだった。

「なんでもないですよ」私は、めんどくさいとばかり首を振ると、玄関の扉を押して中に入っていった。あの子の話は、ややこしくなる。少し訳が分かってないところもある子だった。

入り口に受付みたいに、ママの敏子がいる。カウンターになっていて、敏子は中にいる。ショットバーみたいな形で、ドリンクを出して形ばかりに対応している。

「あら、先生今日は早いですね」

彼女は首筋を掻きながら出てくる。

「ちょっと寒いんで、お部屋にエアコン入れときましたよ」

「いつもありがとう」

私は、ドアのプレートを占いと書いている方に向け、部屋に入ってドアを閉めた。

みどりが、降りてくるかもしれないので、ドアに鍵をかけた。

私は入り口のオーガンジーの紺色のレースのカーテンをそっと閉めた。レースには微細な金ラメが織り込んであって、占いの時は薄暗くするので、神秘的なムードを醸し出していた。そうやって、私がお気に入りの白いソファに寝転がるのと、誰かが階段から下りてくる、小さな足音が聞こえるのが、一緒だった。

「きよちゃん先生、いる？」あの子の小さな声がする。多分ドアの前に立ってるはずだった。

やっかいや。どうしようかなと、思っていた。

その時、敏子の先生は来客中だから、邪魔しないの！　という、声がした。

助かるわ。

ふーんというような、あやふやな返事をしながらみどりが立ち去っていった。あの子はこの店では古参の方になるだろう。こういう店では、女の子の確保が難しい。

来客があるまで、まだ2時間半もある。

私は少し休もうと、ソファに体を沈めた。衣装ダンスとか家具は昔からその部屋にあるものを使っている。

ここを借りる時、敏子は、

「水島さんのお知り合いやから、好きなように使ってちょうだい」と言っていた。

借りると言っても、水島氏のおかげで無料で借りられている。

週一回占い希望のお姉さんたちを5、6人見てあげているだけだった。

ただ、噂を聞いて占ってほしいと言う人が増えてきたのも確かで、一般の方は隣の喫茶店で見ていた。

家具は何人もの子が使っていた形跡はあちこちにあったが、気にしないことにしている。

いつぞやは衣装ダンスの引き出しの下に何かあるのが見えて、無理に引き出しを引き出すと、くしゃくしゃになったバイオレット色のひも状のパンティーと万札数枚が出てきた。

敏子に渡すと彼女は、

「うーん。ハードなことやっとったんちゃう?」などと、訳の分からんことを言った。

ここはいわゆるスナックとかの形態をとっている、簡単に言うと売春宿だった。

それぞれの、部屋はそんなに広くなく、だいたいピンクと白の色調でお手軽に女の子らしく作ってある。

ここはワンルームでミニキッチンと、バス、トイレ付だった。小さいが冷蔵庫も付いている。

この部屋は豪華な方で、だいたいは、3畳一間にベッドというような作りが多い。私がなんで一階の敏子のスナック横で占いの館をやっているかと言えば、はっきり言って結構実入りが良かったからだ。街角で占うのと違って、数倍の金がとれる。

最初は、頼まれてしぶしぶだったが、月一回が二週間に一回、そうして、毎週になった。

信太山の店は、オーナーの水島さんが紹介してくれた。

彼は、こういった水商売の店や、風俗の店のオーナーをやっている人だった。彼に対する情報は私はほとんど持っていなかった。謎めいた人物であるのは、確かだった。ただ、私はそれ以上は知るつもりもなかった。私は大阪市内のオパールと言う店で主として占いをやっているが、その他、駅前でキクさんがやっている占いの館のお手伝いもしている。

それらを含めると、今ではかなりの収入があった。

彼にはお世話になっているうえに、借金もあって月々自分の収益からまとまった金を返している。あと2年もすれば多分返せそうだった。完済したら、一度旅に出ようと思っていた。

部屋のインターホーンが鳴った。私は慌てて起き上がる。ボタンを押すとママの敏子の顔が映った。

「はい」私は微妙な声で答える。眠たい。まだ時間あるけどと、思った。

「ご休憩中ごめんなさいね。いや、女の子じゃなくってね」微妙な言い方だ。彼女は入ってくると、後ろ手でドアを閉めた。

「女の人があなたに会いたいって」

「予約してる人？」そう言いながら私は爪が欠けているのに気が付いた。

「いや、そういう人じゃないようですよ」

「篠山ゆうたらあんたが知っとるって言ってますよ」敏子が困ったように言う。

「篠山？」私はぼんやりした。篠山も何も……。その人何を言ってるんだろう。何が言いたいんだろう。私は記憶をたどっていった。そして、私は昔の記憶にドキッとした。私の心のシャッターの向こう側の記憶だ。精神科医には思い出さないよう指示されていた。だから、自分で訓練して忘却の彼方に葬り去っていた。そうすると、私はずいぶん救われていた。今、その扉がガチャッと音をたてて開いたのだ。

　篠山っていう男にはもちろん心当たりがあった。思い出したくはないが、ずいぶん昔の不愉快な思い出だった。

　そうだ、まさにあの男が篠山だ。もう何年前だろう。10年は経っていないかもしれない。あの時の事は、思い出しても、激しい頭痛を伴う。吐いたりすることもあって、心療内科の先生に相談すると、トラウマになっている記憶を消す訓練をした。いつも、先生に言われたように記憶を消すように努力していると、いつの間にか吐き気や頭痛が消えてきた。

今の今まで、封印していたので、すぐに思い出せなかっただけだ。多分あの男のことだろう。

そうだとしたら、あの男の親族と言う事だろうか。まさか、嫁か、親族？

だとしたら、今頃なんなんだろう。もう、10年近く会ってはいない。

「今忙しいから帰ってって言ってくれませんか」

「そうはいかんみたいやよ、少しでいいから会いたいって」敏子が顔を寄せてきた。

「きれいな女の人やで」

お前にとって、きれいな女イコールお金だろう。だが、会わなければいけないのだろうか？　聞いただけで、過去の頭痛が蘇ってくる気がする。激しい苦しみも蘇るだろう。医師は、お勧めしないだろう。私は敏子に手を振った。

「会いたくないから帰ってって言えないの？」

「そうは、いかんらしいよ」敏子はしつこい。

「実はね、オーナーも私も、乗り気じゃないんだよ。あんたのことは、水島さんからもようく頼まれてるからね」

「じゃあ、断ってくれたらいいじゃない」

敏子は苦い顔をした。

「会えるまで、家の前で待つって言ってる」

「ちょっとでいいそうや。会ってあげたら？　ここで待たれても営業妨害になるさかい」

敏子はすでに金でもつかまされたのだろう。このしつこさは会わなければめんどうだ、ということだろう。帰り時間まで居て、出て行ったら捕まるのも難儀だった。私は腹を括った。

「ここで、お客さんとはちあわせしても困るから。アミで待っててって言っといて」

ここでは主に遊郭の女性を占っていたので、アミは、私が一般の人の占いに使う、すぐ横の喫茶店だった。夜はスナックになる。

その店も水島さんが経営していた。というか、客は喫茶兼スナックのあの店で売春の交渉をする。それから、敏子のいる受付に案内される仕組みになっていた。喫茶店のマスターは私と仲良しだった。多分、もとオパールの店に在籍していた人だと思う。水島さんのことは、かなり崇拝していた。

敏子はぺろっと舌を出すと、モニターから消えた。

私は、洗面所へ行くと、自分の顔をよくよく見つめた。

私は右手を右の頬に当てて、真っ直ぐ前を見つめる。

細い眉。大きな吊りあがり気味の目。目の下はぷっくりふくらんでいる。小鼻が張って、そして、深い人中の下の分厚い唇。

美しいと言えなくもない。そう、かつては若くて美しかった。ただ、右手を取ると、皮膚が少し引き攣れているのが分かる。頬から、眉までの手で隠れるぐらいの所が、引き攣れがまだ残っている。もう微かな傷跡になっているが、こうなるまでに何回も皮膚の移植手術をしている。私が気にするのは、いまだに過去の思い出があるからだ。日本の美容整形は技術的には世界のトップクラスだろう。私の場合、皮膚の移植が主なのだが、職人技的な手術で、知らない人が見たら、左側とほぼ同じに見えるはずだ。笑うと少し皮膚が引きつるのが分かるぐらいだ。

今の私はメンタルな部分でも生き返れた。

今までの習慣で化粧は家の中でも、かなり濃かった。コンシーラーを分厚くぬっている。陽の光に当たるのは、今でも怖い。化粧に関しても、うまく隠せるように美容部員をやってた子に教えてもらっていた。

私は、いやいや顔にパウダーをはたき、頬紅を塗り、そして、ベージュ色の口紅を引いた。グロスを塗ると、私は無理に笑ってみせた。

アミまでは、この家の軒下を通って、直射日光に当たらずに行ける。

私は、今着ているものを下着まで脱いで、タンスの中から白いワンピースを出した。実は顔だけでなく、背中や、右腕にも引き攣れはあった。そのあたりも、何度かの手術で、ましにはなっている。裸の自分を全身が映るミラーの中で見た。変わりばえはしない。だけど、火傷の跡はもうほとんどなかった。医師はここ5年ぐらいは直射日光に当たることは禁じていた。だから私は夕方以降にしか外出しない。でも、今の体は自分でも好きだった。薄くそれこそひとひらの肉が付いている。

私は、右腕の一番ひどかった引き攣れにそっと手を触れると、下着入れの中から白いレースのブラとショーツのセットを出した。ほぼ高級レースだけで出来ている。ワンピースはオフホワイトのモアレタフタの生地で張りがあってラインがはっきりしているものを着ることにした。私にとっては勝負服だ。何かの時のために、この店に預けてあった。そして、たまに高額で占いを頼んでくる客を紹介してもらった時に、見栄えを良くするために着たりしていた。

シンプルなワンピースで海外ブランドの高級品だ。滅多に着ることはなかったが、今日はこれを着て度胸を付けたかった。信じられないぐらい、内心おびえていたのだ。心臓の動悸が激しかった。

篠山って言ってたけど、嫁だろうか？　篠山という名を聞くだけで、再び、頭痛と吐き気が襲ってきていた。

それも、記憶がうすれてきていた今頃になってその名前を聞くとは。

今頃何だって言うんだろう。ああ、めんどくさい。裸の私は、それなりに見られた。だいたい右半身に集中していた火傷の跡も手術でほぼ分からなくなっていた。自分の裸をまじまじと見るのも、久しぶりだった。全体に白く浮き上がった私の裸体はそれなりに美しかった。10年の経過が少し裸体に重みを加えていたかもしれない。

ソファに座ると、下着を身に着けた。白いレースは本人をグレードアップしてくれる。白いストッキングをはくと、ぐっと気持ちが上がる。自分がランクアップしたような気になる。私が、戦闘モードに入るという意思表示がこの下着だった。

彼女が何を言おうと、私に言えるのは、あの時からもうお目にかかったことはないと言うことだ。

あんたの旦那に会ったことは、あれ以来なかった。それだけは言える。あの後、一言でも話したこともなかった。彼の方から、入院中にも何度か会いたいという連絡はあったが、拒絶していた。医師や看護師にも、その意向ははっきりさせていた。

いや、本当は死ぬほど会いたかったのが真実だろう。だが、どの面下げてという言葉があるが、本当にそうだった。当時の自分を彼の前に晒したくはなかった。愛していた男に今の私は見せられなかった。もし、そうしなければならないのなら、私は迷わず自殺を選んだだろう。自分の体と、自分の心がこの辺で乖離してくる。頭痛がするのもそのせいだった。忘れるはずはなかった。

ひょっとしたら、あの男が死んだとかいうんだろうか？

でも、今更会って良いものかどうかまだ、迷っていた。

何のつもりでここまで追ってきたのか……。考えれば、不思議だ。

相当名のある興信所でも雇わない限り、私の所在は分からないはずだ。

親だって知らないんだから。

興信所を雇ったんだ。

興信所に莫大な金を払ってまで調べる価値が、果たして私にあるのだろうか？

こんな所まで来て占いを生業にしている女に、何の用があるんだろう。まあ、断っても出て行きそうにないし、こっちに失うものがない以上、何をためらうのだろう。そうぐずぐず思っている。ああ、だめだ！　会いたくない。

そう思いながらも、ちょくちょく来られるのも迷惑なんだと思った。

第一、敏子が承知しないだろう。

ここの収入で火傷の美容整形が出来た。あと何年かしたら、かなり元の顔に戻れるだろう。

それよりも、私が感謝したいのは、今ここに居る人や、私を取り囲むみんなに助けられてこうして生きていられることだ。ただただ逃げ出してきて流れ着いた場所だった。逃避場所としていたところで、私は皆に助けられた。だから、私は皆に守られながらずっとこの暮らしを続けたい。人はそれをどん底と言うかもしれない。だけど、そこで私は生き返ったのだ。

私は、やっと意を決すると、ソファの上の白いワンピースを着始めた。

これを着る時は、決断の時だと思っていた。そのために買ったものだ。

今がその時かもしれない。

これを着ると、格段に女度がアップする。

知らないうちに、私は気持ちを固めていた。

袖を通して、そして、背中に手を回してファスナーを上げ始めた。

するとドアがどんどん叩かれた。

敏子に決まっている。

私はそのまま歩いてドアを開けに行った。

「準備出来ました？」と言いながら私を見て、
敏子はえっというような顔になった。

「これはこれは先生、お嬢様に見えますよ」

「からかわないでよ」私は彼女に背中を向けた。

「いいじゃない、この服！」敏子はファスナーを上げてくれながら、値踏みするように私を見た。「良い生地だね。ディオールかい」

「残念！　あんな高いものは買えないわ」

「よく似合うよ！　本当にお嬢様に見えるし」彼女は私の背中をたたいた。私は敏子の方を振り向く。

「先生は本当はこんなとこに来る人じゃないって思ってましたよ」

そういう敏子の方が、なおさら複雑な過去を持っていそうだった。

なにしろこの家の中の女たちは、何かしらの問題を抱えている。

彼女は私よりも一回り年上だ。水商売上がりの彼女は、濃い化粧の下に、なかなかな眼力を秘めている。旦那の方は、ほぼ見たことがない。

水島さんの部下の一人かもしれない。まあ、この辺の風俗系は店を守るのは女性だ。

その方が、商売の相手さんにとっては都合が良いのかもしれない。ここの共同経営者の水島氏は私の後見人みたいな人だ。彼には、ひとかたならない世話になっていた。

彼女のために言っておくが、敏子はいわゆるおばちゃんぽくない美貌の持ち主だ。

ただ作り物のような顔が、いわゆる整形美女を連想させる。あまり笑わないからかもしれない。いつも値踏みするような目の光が、濃いアイラインで囲まれた中で際立っている。

彼女と私は、付き合いは浅いが、そう言う意味では共感があった。

似たもの同士なのかもしれない。

「ねえ、会わなきゃいけないかなあ」私はもう一度言った。

「うまいこと言って帰らしてくれないかな？」

敏子はうんうんと言うように頷いた。

「普通の人なら、断るんだけどねえ。何故か。うちの主人が持ってきた話なんでね」

「ご主人が？」私は彼女を見返した。そういうルートか。

そうだろうな。興味半分の客なら、彼女はにべもなく追い返している。

ただ、彼女の主人と言うことは、ここのオーナー命令になる。敏子はしょうがないなと言う顔をした。

「あんたが、どうしてもって言うなら、旦那に断っとくけど」

ちょっと待って！　今、ここの仕事を辞めさせられると、収入が激減する。

「でもさ、高知から夜行バスで来たって言うし、断るのも気の毒だろう」

私は、仕方なく愛想笑いした。

「私行ってみます」私は部屋の奥へ入ると、白いポシェットを取り上げた。

「なんの話か分からないけど、向こうが引き下がらないなら、直ぐ会ったほうがいいだろうし」

「一応占いのお客さんが来るから、30分だけって言ってあるよ」

入り口の靴箱から白いパンプスを出すとそれをはいた。

敏子も私に付いてきた。

私は鍵をかけながら彼女に手を振った。敏子は私の傍まで寄ってくると耳元でささやいた。

「なんかあったら、マスターに言って。すぐ追い返すから」

彼女は入り口の方へ歩いて行った。私は、さっきの裏口から軒伝いに歩いて、門を開けた。そして、砂利道を進むと、すぐ横の喫茶アミの蔦の絡んだがっちりした焦げ茶色の木造りのドアを開ける。アミは店内も観葉植物が多く、カウンター席とボックス席がいくつかあって、お互いの視線を遮るように出来ていた。カウンターの中の人影が動いた。

「らっしゃい」

マスターの甲高い声がする。

「あら、先生じゃないの。今日は一段と綺麗ね。びっくりだわ」

それから私にだけ聞こえるような声で、

「お客さん、奥の仕切りの向こうでお待ちかねよ」と、言った。それからさらに低い声で。

「嫌なら合図して。敏ちゃん呼ぶから」と、付け足した。

彼は麻の布巾でグラスを思い切り磨いていた。ここのグラス製品は高級感があって、ピカピカだ。バカラなんかも交じっている。そして、ティーカップもマイセンとか、ロイヤルコペンハーゲンなどいろいろなのが並んでいて、好きな器で飲めた。

私はぎこちなく彼に頭を下げた。

そんなに広くはない店の奥の仕切りに向かって、ゆっくりと歩む。ここに至って、また、動悸が激しくなっていた。逃げ場がない。だが今は逃げたい気持ちしかなかった。

それにしても、何で来たんだろう。それが最大の謎だった。

今更何だっていうのだろう。

怒鳴っていいものやら、笑っていいものやら泣くべきなのか、こちらの気持ちがぐらついている。時折予兆的な頭痛がした。

すると、こっちの気持ちを察したのか、奥の席の女が立ち上がるのが見えた。薄いブルー系のスーツを着ていて、すらっとしてきれいな足をしていた。ふくらはぎが丸みを帯びて肉感的だった。

フェラガモのパンプスを履いている。

彼女はゆっくりと振り向くとこちらを見つめた。

想像は何もしていなかったが、どちらかと言えば和風な顔立ちの穏やかな感じの人だった。

軽い頭痛がする。頭の中の記憶を手繰り寄せたが、会った記憶はなかった。そりゃあそうだろう。会ってはいけない人なのだから。

でも、なんだろう、不思議な違和感を覚えていた。

一度も見たことがないのは確かだった。私は自分がロボットのような動きをしているのを感じる。

凍り付いたような私を見て、

「篠山さくらです」と、相手が言った。私の動悸はさらに激しくなる。

やはり誰だか分からなかった。

「あの」私が考えながら言おうとしていると、

「多分、誰だかわからないと思います。というか、私も救急病院でお見かけした以外、初めてです」

と彼女は言った。救急病院と言ったことで、私はやっぱり篠山の嫁だと思った。

そうか、記憶のどこかで泣き叫ぶ女の声が聞こえていた。あの時私は包帯で顔全体を巻かれていたし、意識もおぼろだった。救急の搬入口の緊急処置の部屋でのことだ。朦朧とする意識の中で女が泣いていた。母かと思ったが、そうではなかった。

私が黙っていると、彼女は、

「どうか座っていただけますか？」

と座席を指さした。

私は言われるままに、向かい合って座った。気まずいのが最高潮に達する。

その時、間のいいことに、マスターがお盆の上に水を持ってやって来た。

「どうも、失礼いたします」

それから私の方を向くと、

「いつものコーヒーでいいかな？」と言った。私は黙ったまま頷いた。

気が付くと、彼女の前にはブルーオニオンのカップがあった。私のお気に入りだ。まずい。同じカップは避けたい。

「カップは、バラの花柄にして」と、声をかけると、彼はわかっているよと、後ろ向きに手を振った。きざな男だ。

彼女も、落ち着かないように、水の入ったコップを持つと、唇をつけた。

私は試しに聞いてみる。

「高知から、わざわざ来られたんですか？」

「ええ、深夜の高速バスで来ました」

彼女は思い出したように笑った。笑うと親しみやすい顔になる。可愛くもあった。だが、油断は出来ない。

「大都会ですね。早朝に着いたから、あなたを探してくれた人に連絡すると、今日は出張でこっちだからと聞きました。だから、ＪＲでこっちまで出てきました。こちらの街は少し田舎ですね」彼女は愛想笑いを浮かべた。

そんな話をしてる場合ではなかった。

「あなたは、多分、というか、」と言葉を切った。そして思い切って言った。

「私の知っている人だったら、篠山博さんの奥さんですか？」

ほんの一瞬の微かな沈黙ののちに、「そうです」

彼女が肯定した。

やはりそうなんだ！

やはりそうだった。やはりそうだったのか！

私は、何かが坂を転げ落ちて行く感覚に捕らえられた。キーンというような音が頭の中でした。

一番最初、そう、出会った時、あの男が言っていたのは、自分は私より二つ年上だという事だけだった。あの時私は26歳、彼は28歳だった。彼の神秘的ともいえる、やや陰りのある爽やかな笑顔が一瞬で私をとらえてしまった。そう、あの笑顔がすべてだった。陰のある静かなまなざし。

稲妻に打たれたという感覚だった。私たちは見つめあったまま逃れられなくなっていた。もし、あの場面までさかのぼることが出来たら、私は神様にどうか、すれ違って会わなかったことにしてほしいと願っただろう。

私たちは、お互い相手の身の上も知りもしないで、付き合ってしまった。

そう、私は最初あの男が妻帯者だということも、知らなかった。

もしかしたら、篠山という名前さえ、知らなかったのかもしれない。

いや、知るつもりもなかったと思う。

他のことはどうでも良かったのだ。

最初は大型スーパーの前のお茶の試飲会で出会ったので、商業施設の店員だと思っていた。

それよりもなによりもあの男を、彼だけを知りたい気持ちしかなかった。すべてを排除しても。

お互いに若かったということもあるだろう。今となっては、言い訳にしかならないだろうが。でも、若かったということでしか、説明できない。

それが、ずるずると関係が続くころになって、子供の頃からの友人の多恵ちゃんに、

「あんたの彼氏、篠山さんとこのお茶屋さんに入っていったよ」

というちょっとした情報を得て、仕事休みの日に旭町のお茶屋の真向かいの喫茶店で張り込んでいたら、彼がお茶屋の中から出てくるのに出くわした。

多分、店は店舗のみで、自宅は別だったと思う。だからそこに家族は来なかったのだ。

そこそこ老舗のお茶屋で、子供の頃からあの店はあったような気がしている。ぱっと見、篠山茶店と書いてあるが、買い物には入りづらいし、事務所っぽかった。入り口も、がら

がらと横にふすまのように開けるガラス戸だった。

そこで販売しているというより、色々な店へ卸したり、注文を受けて発送したりする、もしかしたら、お茶も作っているような手広い商売をやっていたのだろう。商売には便利な場所だったので、高知市内での販路の起点としていたのかもしれない。

道路の前にはバス停もあったし、いわゆる路面電車も走っていた。昔は闇市も近かったし人の往来も今より多かったはずだ。

そういえば、改めて思うけど、私が彼に出会ったのも、旭町五丁目の大型スーパーの入り口でだった。

だいたいが、私が近くの病院に入院している友達にお見舞いのフルーツを買いに行ったのが出会ったきっかけだ。滅多に行くこともない場所だった。

そう、ちょうど彼が、店の入り口で、お茶の試飲会をしていた。確か八女茶とか、静岡茶とか、あと高知の山岳地帯で作られている希少なお茶が並んでいた。

私は、入り口近くで、法被を着た男性が立っているのが見えていた。それと同時に、新茶の良い香りもしていた。この香りは、うなぎのかば焼きや、焼き鳥の匂いと同じ魔力がある。

が、知らん顔しとくことには決めていた。なにせ、ああいう販売は、必ずいらないものを売りつけられるからだ。……そうしていればどんなに良かったか。

男がこっちを見ているのに、気が付いていたが知らん顔をしていた。

だから、どんな顔かも初めは知らなかった。でも、その人は足早に寄ってきた。黒い革靴が目に入る。靴が見えたと言うことは、私は俯き加減でやり過ごそうとしていたんだと思う。

そして、そっと、彼がお茶の入った小さなカップを差し出した。

あの時、そのまま行ってしまえば、行き抜けてしまえば、今の悲惨な私はない。

と言うことは、私に神様が意地悪をしたということか。

そうとしか思えない。そうに決まっている。

そういうことか。

私は、少し薄笑いをしたのかもしれない。

「何かおかしいですか?」相手の声がしたからだ。

私は、はっとして、相手を見た。言い返す言葉を考えていると、相手は少しゆっくりと「ずっと探してたんです」と、強く息を吐き出すように低い声で言った。そして吐き捨てるように小さな声で、

「私の主人が」と、付け加えた。それは、呟くような小さな声で、注意していなければ、聞こえていなかっただろう。だが、私にはそのささやく声が聞こえて、そして総毛立った。

私は、相手の気持ちを量りかねて、じっと見つめた。今更、私に会って何になる?

そっちの方を聞きたかった。

あんたたちの邪魔は、あれ以来してないはずだけど。

あれ以来ね！

「私に何の用でしょうか？」

すると、急に彼女の顔色が紅潮してきた。眉がきりっと上がり、目が怖いぐらいに光を帯びてくる。唇を紫色になるまでかみしめている。ああこれが憎悪の表情なんだと、私は思った。

彼女は、私を、今になっても、10年経っても、憎んでいると、思った。

それがどれだけの時間を積み重ねても、彼女は許さないのだろう。

私は、身震いするような悪寒を感じていた。

封印していた過去が、堰を切ったように私の脳内に広がっていく。そして、理解した。

あれから何年、いや、どのぐらいの時間が積み重なっても、彼女は私を許せることはないんだと。それは、私を深い井戸のような闇の中へ、急激に落とし込んでいった。

「私には、貴女に会う気なんてなかった！」彼女が急に激しい口調で一言一言をゆっくりと言った。

その時、マスターがやってきて、「お待たせ！」と言った。何故か、決然とした声だった。

彼は、私を守りたいのだろう。ほんの少し私に目配せした。

「今日は、ちょっと違うのに入れてきたわ」

小ぶりのバラの花のカップだ。紫色のバラ。恐らくマイセンだ。

目の前に来ると、濃厚なエスプレッソの香りがした。

私は彼に頭を下げた。

「マスター、相変わらずいい香りだね」

彼は私にこっそりウインクした。

「清美先生専用の豆だからね」

私は「ありがとう」と言うとぎこちないのを隠すように、さっそくカップに唇をつけた。灼けるほど暑くなっている。私は指先が震えているのを隠そうと、両手でカップを包み込んだ。

マスターは、ふんふんと、少しスイングするような動きで私に手を振ると、彼女に向かって冷ややかな笑みを浮かべ、

「ごゆっくり」と挨拶して歩き去った。

なんかあると、承知しないわよ、と後ろ姿が言っている。

彼女は、紅潮した顔のまま、テーブルの上に乗せた両手を握りしめていた。

私は、相手の動きを見ながら、そっとコーヒーを飲み始めた。

目を覚ますにはエスプレッソが一番だ。脳髄まで沁みわたってくる。

口の中に苦みがじわじわと広がっていく。苦いのではなく、深いのかもしれない。芳醇な香りが私を一瞬救ってくれた。

マスターの所のソファは重厚な作りの焦げ茶色の座り心地の良いものだったが、今日ば

かりは、墓石に座っているみたいに、硬く感じた。それに何より気分がさえない。

とにかく、この女の来た意味が分からない。

何で探しまわってくるのかもわからない。

私をにらんでいる意味が分からない。

私は、そう、何度も思っていた。

私は、濃厚なエスプレッソの味を確かめながら口の中で転がしていた。

女の視線をいやと言うほど感じる。なんで見てるんだろう。

じーっと見つめているようで、私を見ていないような目。ああそうだ！　私の後ろに広がる私の人生の闇を見つめているのだ。だが、それが何だというのだろうか？　私が、全身やけどを負って、二目と見られぬ顔になったのを、いい気味だと思っていたんじゃなかったのか？　私だけが背負わされた烙印を夫婦で笑っていたんじゃなかったのか？


あれから、どうしたのか知らないが、彼らの生活は必要以上に恵まれているはずだった。嫌な女は視界から消えた。それでいいじゃない。

そうすると、彼女の来た意味が益々不明だった。

私は彼女に見えないように、そっと舌打ちしていた。この手の女は、ある意味、新地の女より始末が悪い。あまりにも、黙っているのが、薄気味が悪かった。

私は、意味もなく不機嫌になってきた。何も言わないのなら、帰るしかない。

とにかく、さっさとコーヒーを飲み終えると立ち上がった。

「用がないなら仕事があるから帰ります」

すると
「主人があなたを探してほしいと言ったんです」

いきなり彼女が言った。

はあ？　私は唖然として彼女を見返した。一瞬冗談を言っているのかと思った。

冗談なら、趣味が悪いと思うはずだ。

きっとした目が私を見上げている。

「今更何言ってるんですか」私は思わず呟いた。

「主人があなたを探してほしいと言ったんです」

「意味が分からないですけど！」私は少し怒った声で言った。

「あなたたちは、あの後、仲良く暮らしていると思ってましたけど」

彼女が座ったまま私をにらんでいた。膝に乗せ、握りしめた手が、膝をたたいている。

目から涙があふれてきていた。冗談じゃあない。今度は、泣きを見せるわけ？

「ちょっとお待ちを！」

その時、近くまで来ていたマスターが大声を出した。

彼は、私たちの間に入ると、コーヒーカップを両手で取り上げた。大事な商売道具ってわけだ。喧嘩で割られたらとんでもない。

「あとで、昆布茶持ってくるから」

嘘ばっかり！　カップの方が、大事なくせに。嬉しそうにターンして去っていく彼に私は、悪態をついた。


私は、もう一度座り直すと、彼女の涙目を真っ直ぐに見た。

「もしかしたら、誤解なさっているかもしれませんけど、あの方には病院に入って以来、お会いしてません！　今の今まで、そちら様はお幸せに暮らしていると思ってました」

私は、マスターのおかげでその場がクールダウンしたのを感じた。

「そうだ、あなただって知っているはずです」私は説得するように彼女を見た。

「あの人は、あなたたちがどこかの病院へ連れて行かれたんですよね。あの後、私たちは全く会っていません」

思い出した。全身火傷を負って救急搬送された私たちは、病院の搬送口から二人仲良く担架で運ばれて行った。旅館の着物も、自分の体も全身焼け焦げてちょっとでも動くと激しく痛む。そして、次から次へと襲ってくる悪寒に全身でがたがた震えていた。自分の体の中にまだ熾火が残っているような、それでいて全身が冷えて失われていくような、不思議な感覚だ。今いる場所がどこなのかもその時認識していなかったと、思う。肉の焦げるような匂いを今でも思い出す。

ただただ次々に襲い掛かってくる、悪魔のような痛みと、それさえ認識できずにいる自分がいた。あのまま死んだのかもしれない。いや、その方が後になって考えたら良かったかもしれない。いや、そんなことはあの時、考えていなかった。目もほとんど見えていなかったし。

いや、あの時、本当は死にたくないと叫んでいた。そうだ、この期に及んで、卑怯だけど、死にたくないと思っていた。死にたくないと。

「私たちがどんな思いで今まで暮らしてきたか分かりますか？」

私の夢想を破るように彼女がつぶやいた。異様に低い声だった。彼女の思いがこもっている。

何を言いに来たのかが不気味だった。

「それで、私を探すことに何か意味があるんですか？　もう、あれから10年も経ってるんですよ」私は、嫌な気分になっていた。思えばあなたたちにとってはあの火事さえなければ、些細な事故で処理出来たはずだった。相手の家族が何事もなかったかのように、10年余りも暮らしていたことに、不条理だけれど私は怒りを感じていた。私はどん底まで落ちてしまった。なのに、他の人は、何事もなかったかのように平静と暮らせている。

マスターが走ってくる。店内には私たちしかいないようだった。多分、彼が臨時休業の札をドアに掛けているのだろう。彼は近くにあった等身大の女の清水焼の像をずっと先に引きずっていく。重いだろうに、ご苦労さん。乱闘騒ぎを予想したってこと？

それにしても、私に逢って楽しいわけがないのに、どういう事だろう。

「私は病院には2年近くいましたけど。だけど歩けるようになって受付で聞いたら、だいぶ前に家族が連れていったって言ってましたよ」

「転院させたんです」彼女が思い出したように涙ぐんだ。

「あの時、私妊娠していて、それから出産して一人で育てていたんです」彼女は目をつぶった。

「そう、噂が広がっていたので、私と父は5丁目の店を畳んで、事務所移転の札をたてました」彼女は思い出すのもつらそうな目になっていた。

「もう100年ぐらい続いた店なんです。それがあなたたちのせいでいい笑いものです。うちは何代も続いた店なんですよ」

「それは」私は少し俯いた。そうだ、私は他人のことを考えていなかった。自分のことしか考えられなかった。

あの男に妻子がいるとしたら、あの事件で無傷でいられるわけがない。そこに思い至らなかった私に今は恥じている。それも、若さなのか。相手のいや自分の、家庭も何も目に入らなくなる。それが、今突き付けられると心臓を一突きされたような気になった。ましてや、男の妻は、愛した男も失ってしまう。

そう、男だけでなく、店もなくなっていたのだ。

古い店だけど、立地は良かった。私はそんなことも考えられなかった。

ただ、店のガラス窓には店舗老朽化のため、移転いたしました。との、張り紙があった。

あの事件の後では、売るにしても売りにくいだろう。

私は、あの時、そうなのかと、思っただけだ。

それも、高知を出るその日に、タクシーの中から見ただけだった。

「運転手さん、ゆっくり走って」

あの時私はそう言った。まだ早朝なので、それでも問題なかった。

「移転いたしました」

私は、口の中でその言葉を転がしていた。

「ああ、あのお茶屋さんね。最近何故か移転したらしいよ」

彼はお気軽にそう言った。何があったのか知らないらしい。あの火事の話が世の中のみんなの関心事ではないということだ。私はやや救われた気がしていた。

「もう長いことやってたけどね」

彼の声を私は聞き流していた。ただ、その張り紙が私の心にずしんと響いてきたのは確かだった。

私は単純に、建て替えをして、きれいな店になるのだと思っただけだ。

私が、追われるようにこの町を出て行くのに、彼らはまた幸せな生活を続行するのだ。

彼には家があり、妻がいて、そして仕事もある。

男は、黙って口を拭ってまた同じことが出来る。

それが、悔しかった。

彼や、彼の妻の事など、頭から考えもしていなかった。

ただ、私が騙されて、ぼろくずのように捨てられたのだと思っていた。

自分の身内のことで頭がいっぱいだったこともある。

また、あの火事の後のことになる。

事の次第を両親は病院で聞いて、そして警察や、関係者に頭を下げていた。

父も母も、本当に平身低頭しながら泣いていた。

「娘がとんでもないことをしまして」

そう、あの日からあんたたちの最愛の娘が、最低の身内になった。

私は生死の淵をさまよったあげく、2年近く入院を余儀なくされた。

病院を出ると、即座に自宅へ連れていかれた。

父と母は、そのころには謝り疲れてもう何も言う気力がなかった。

自宅へ帰った私を彼らは扱いかねていた。その様子で、私は言葉を失っていった。

あの頃の私に何が出来ただろう。

幼いころから、溺愛されて、そして、親の愛情ですくすく育った娘はやがて大学を出て、花嫁修業をしながら、会社勤めをしていた。誰からも羨まれる立派な家庭だった。

そう、それまでは。

私はまず、両親と食事できなくなった。父と母の目を真っ直ぐに見られなくなったのだ。

彼らの中にある、激しい怒りが伝わってくる。

私はどうしたら良いのだろうと、何回も考えた。だが、回答が出ないのだ。

どうしても話が堂々巡りになってしまう。

どうすることも出来ず、両親から疎まれ、でも、働くことも出来ずに家の中でひっそりと暮らしていた。

食事も、母が上まで運んでくれてそれを食べていた。

父は「お前の顔など見たくない」と言っていた。

母は私のひきつった顔を見るとさめざめと泣くのでまともに顔を合わせることもなかった。

私は窓もカーテンを下ろし、自分の部屋でずっと引きこもってしまった。それが2年ぐらい続いた。

ある時、弟に縁談が起きて、両親が私のことを話しているのを聞いてしまった。一階のトイレへ行った時のことだ。居間で話し合っている声が聞こえた。

「あの子を向こうの親に知られるのもまずいなあ」父がそう言っていた。

母は「でも、いずれわかることだから」と、言って泣いている。

「海外にでも出て働いていると、言おうか」父はそう言った。

ああ、私は厄介者なのだ、と、その時、はっきりと認識した。

「いっそ一人息子と言っとこうか」

「和夫が納得しないよ。きっと、向こうの親御さんに話しているだろうし」と、母。

「和夫は、お姉ちゃんのことは話していないと言っていたよ」

父が追い打ちをかけるように言った。

私は、家族全員から疎まれている。それがはっきりと分かった。

私は震える手で階段を上り、そして自分の部屋に入った。

部屋の中へ入ると、小さい旅行カバンを取り出し、取り敢えずの着替えと、下着を放り込み、鏡の前の化粧ポーチを放り込んだ。

そして、タンスの奥に入れていた自分の通帳を見る。

あまり残金は多くなかったが、それでも大阪ぐらいまで行けるだろう。

とにかく家を出ようと思った。

高知を出よう。先の事は何も考えていなかったが、もうこの町にはいられなかった。

ただ、一言、

「今まで、お世話になりました。自分で生活しようと思っています。探さないで下さい。弟に、結婚おめでとうと言って下さい。清美」

そう書置きを残すと黙って家を出た。

退院してから、2年目の事だった。

早朝の街の中を、カバンを持ってさまよい出ると、スカーフでしっかりと顔を隠し、タクシー乗り場まで出た。

朝の空気は澄んで冷たい。そういえば、もう2年以上家から外へは出ていなかった。

どうしてこんな清澄な空気を忘れていたのだろう。どうして、こんなに朝ならだれにも会わずに歩けるのに、動くことをやめてしまったのだろう。

どうして。私は隠れていたのだろう。

家族や、近隣の、ただただ好奇の視線を避けて薄暗い部屋の中で時間も忘れて過ごしていたのだろう。

少しは外に出たかったのに、父の、

「家から出るな！」の声に気持ちが潰されてしまった。

あんなに溺愛していた娘を、あんなにも憎しみに満ちた表情で、唾棄するように言った言葉。

母は、ただただ泣き続けて私の気持ちをふさいだ。

そう、この2年で私は死ぬことばかり考えていた。

死んだ方がどんなに、楽だったかしれない。

そう、あの時死んでしまえば、私は解放されたのに。

そう、あの時地獄の業火に焼かれてしまえばすっきりと終わりに出来た。

ただ、心の奥底で、生きたいという悪魔のようなささやきが残っていたから。私は業火の中を手すりを乗り越えて下へ飛び降りたのだ。

死んでしまえばよかった。

でも、唯、生きたかった。そう、生きたいと思ってしまった。

生きる望みを持ってしまった。

それに、手すりに飛びつき、乗り越えようとした時、振り返ったあの男の目！

ああ、私はあの目に悪夢を見続けている。瞳孔の開ききった、表情のない、それでいて哀しそうな、相手を凍り付かせるような、ああ、もうどうにともとれる不思議な目。

私たちは、全身火だるまになりながら、妖怪のように、下にいる人々の前に落ちて行った。

誰かの声がしてほんの微かにだが、消防車のサイレンも聞こえた。

そのあと、どのくらいたったのか少し風が吹くような感覚に襲われ、私は暗闇の中へ引きずりこまれて行った。

「おい、大丈夫か？」

気が付いたら、病院の緊急治療室の中だった。

というか、さわさわするせわし気な人の声が聞こえるだけだった。

あの時、もしかしたら、目の前の女が私を覗き込んでいたのかもしれない。

誰かがわめいている。叫び声がする。

病院の人たちだろうか？

だが、その時の私に何か考える能力はなかった。

私は、体を焼く激しい痛みと、もうろうとした意識と戦っていた。火を噴くように全身が熱いのに、体はガタガタ震えていた。脳髄がどろどろに溶けている気がする。目が痛い。それに何も見えなかった。

そうだ、死のうなんて一瞬たりとも思っていなかった。ただ、生きていたかった。

もう今までの生活が奪われてしまうなんて、そんなことが起こるなんて、微塵も思っていなかった。

「何を考えているんですか」

彼女が静かに言った。確かに、私は、彼女の存在を忘れて空想に耽っていた。

「別に」私は彼女を見返した。

私は初めて彼女に聞きたかったことを聞いた。

「なぜ、私がここにいるってわかったんですか」

彼女は、すぐには返事をせず。私を上から下まで眺めまわした。

「火傷は、だいぶ綺麗になったんですね」そして、少し皮肉そうに言った。

「あなたは、綺麗よ。火傷があってもね」

「私のことを、馬鹿にしているんですか」

「不思議なの」彼女はじっと私を見ていた。

「あんなことがあっても、主人はあなたのことを忘れなかった」

私は驚いて彼女を見た。

「その言い方はおかしいと思いますよ。だって、あんなことがあったからこそ忘れないんじゃあないですか？」

彼女は私の方が正論なので黙った。私は、彼女のその沈黙にぞっとする。

彼女の瞳の中に、薄青い炎を見た気がしたからだ。薄青いめらめらと燃える炎だ。このままでは、彼女に心底恨まれてしまうと思うと、却って私はあわてた。この時初めて、どうにかこの場を鎮静化させようと、思った。

「悪いけど、私は、彼のことは忘れたわ」私は投げ出すように言った。彼女には真実を話すしかない。

「あれから、私も家を出て大変だったんです。親にも見捨てられて、黙って家を出たので。お金も10万も持ってなかったんです。大阪へたどり着いた時にはお金にも困って。安いホテルに泊まって、ハローワークで仕事を探しました。顔に傷があるから、サービス業は出来ないので、マスクを着けて作業する工場へ勤めたんです。社員寮のあるところです。寮といっても、汚い畳3畳の部屋で、共同トイレで、お風呂もない所でした。それでも、充分でした。手持ちのお金は、仕事が決まった時には、２０００円ぐらいしか残ってませんでした。誰も知らないところへ行って一からやりなおしたかったんですから」そして、「でも、あのまま家にいたら、多分精神を病んで、死んでいたと思います」と言った。

「夫を忘れたって……そうかしら。だったらなんでクローバーの金のブレスレット着けているの？」

私ははっとして、彼女を見た。食い入るように見ているのは、私の左手に着けている金のブレスレットだった。

「こんなもの、どこでも売っているわ」

私は、彼女の怒りに似た目つきに戸惑っていた。

「でもないわよ。それは、高知の帯屋町の高級宝飾店で作っているものよ。恋人同士で身に着けるもので、ペアブレスレットって言って、ずいぶん流行ったものだわ。24Kだから、いいお値段よね」

「自分で買ったのよ」

「そうかしら。主人も同じものを持ってたのよ。大事にしまっていたけど」

そう、私たちは、密会するときだけ、合図のように身に着けていた。

だが、今私がその金のブレスレットを着けているのは、全く違った意味があった。それを説明して彼女が信じるかどうかは、分からないのだが。

私は慌てて左手をドレスの後ろへ隠した。

だが、この人こそ、あれから10年も経っているではないか。離婚もせず、あの男は妻と子供たちと幸せに暮らしていたんだと思っていた。確か、彼女のお父さんも一緒に住んでいたはずだ。

彼は、入り婿だった。彼女の親に気に入られて、もともと遠縁の子で社員として働いていたのだ。私なら、居心地が悪いと思ったかもしれない環境だ。

彼は、そのことを別に気にするふうでもなく、さらっと言っていた。だから、私も消え失せて、ほっとしたのが真相ではないだろうか。

「あの、事件が起こるまで、主人が浮気しているなんて、ちっとも思わなかった。私たちとはうまくいっていたし、何の不満もなかったのよ」

私は、おやおやと思う。いまだにこの女はご主人が悪い女に騙されたと思っているようだった。

不満なんて、本人以外は分からないものだ。第一、あの人に最初に騙されたのは、多分私の方だ。

最初、妻がいるなんて、少しも言わなかった。それを考えると、私も確認作業をしなかったということになる。いや、今思うと聞きもしなかったんだ。

あの日最初に私にお茶を渡してきたあの男に私は謎めいたものを感じてしまったのだ。それを、惚れたというならそうかもしれない。彼の事だけしか目に入らなくなっていたのは、確かだ。

あとは、私の方が主導権を握っていたのかもしれない。彼はもともと浮気するような軽薄なタイプでもないのだ。

多分、私と言う女に出会わなければ、一生彼女を大切に暮らしたかもしれない。

誰が言ったかは忘れたが、恋愛は落雷にあったようなものだという。

大方の人はそんな目に遭わないけれど、先輩のキクさんに言わせると、

「人間はしょせん生きて80年ぐらいだよ。その中で落雷に遭うぐらいの恋愛ができるのは幸せだと思わなければ。一生何にもなく過ごす人とどっちが幸せか」と、言ってくれていた。

今、あのスーパーの前でお茶のデモンストレーションをやっていた彼の姿は、思い返そうと思うと夕方の、最後の薄明かりに取り巻かれて薄緑の光をぼんやりと放っていた。彼自身は幽鬼のように薄暗いシルエットになっている。

仕事終わりに立ち寄ったのだから、夕暮れの日の落ちる少し前だったのだろう。最初の出会いが、今にして思えば魔界への入り口へ最も近付いていた気がする。昼と夜の移り変わる時刻。魔物に遭遇する、あるいは大きな禍がふりかかる時刻。今、彼女に会うまでそんなことは少しも考えていなかった。しかも、私が占い師にならなければ、思ってもみなかったことかもしれない。

「逢魔が時なんだ」

私は、ぼんやりとつぶやいた。

え？　というふうに、彼女が私を見た。

「逢魔が時なんです」

　私は、確認するように言った。それは、彼女にではなく、自分に確認をするように。そして、彼女に言い訳するように。

「オウマガトキ」彼女は私の唇を見ながらつぶやいた。

「そう、昼と夜が移り変わる時刻。一日のうちで一番災厄に出合う時刻です」

　私は彼女に「占い師になって初めてその言葉を聞いたんです。夕方6時前ぐらいですか。確かに、私たちが出会ったのはその時刻なんです」

　そう言うと、私は彼女に事件のあらましをお聞きになりたいですか？　と、言った。

　彼女は、ほんの一瞬ためらった後に、はっきりと、

「聞きたいです」と、言った。「主人からは何にも、聞けてないので」

「何にも？」私は不思議な気がした。あれほどの事件を彼は何にも、説明しなかったのだろうか？

「夫は全身やけどで、5回ほど死にかけたんです。あなたは、目に見えるところに傷が出来てしまってお気の毒でしたけれど、彼の方は、今でも、痛みとかは続いているし、人前では入浴は出来ません。それと同時に精神的に病んでしまった時があって、医師から当時の話を聞くのは、駄目だというドクターストップがかかったんです」彼女はぼんやりとし

た目で私の方を見つめた。

そうだったんだ！　勝手に無傷だと思っていた自分が愚かだった。そう思うと、私の心の空洞に何かが、カランと音をたてて落ちていった。それは、乾いた音で、反響しながら、私の心の奥深くに落ちていった。この人に、真実を話そう、そう思った。彼女には、ある種の強靱さがあった。今まで彼を支えてきたんだから、話しても、大丈夫だろう。

「私たちは事件があったあの日、玉水新地の旅館に酔っぱらってなだれ込んだんです」

私は、堰を切ったように、彼女に話し始めた。

そう、あの日、私たちは何回目かの別れ話をしていた。その一ヶ月前に彼から女房がいること、しかも妊娠していることを告げられた。彼も私も家庭を壊してまでとはとうてい思っていなかった。もともと、何の制約もない関係なのだから。

これで終わりだと、そう、私たちは思っていた。私たちは、別れ話をしながら、近くのスナックで飲んでいた。いつも行くスナックだった。

ある程度続いた関係は、別れ話を素面では出来なかった。別れると思うと、私は平静を抑えきれなくなって、いつも頭に血が逆流するような感覚に襲われていた。彼も、それには困っていたのだと思う。だが、彼の方が冷静だったかというと、そうでもない。

ある時期まで、多分お互いに夢中になっていた。もう三十近くなった男と女は、十代の頃と違って、相手に対して貪欲だった。別れるのに、胸を切り裂かれるような痛みを感じずにはいられなかった。間近に見る彼の瞳、唇、そして端正なしぐさ。唇を触れた時のひんやりとした、陶器のような肌触り、それが、興奮してくると同時に放つ、かすかな甘い薫り。私の脇腹を這っていく彼の楽器を奏でるような指先。

そのどれもが私の平衡感覚を狂わせていた。本当に何回も話し合って、理解しあったというのに、抑え込んだ感情の下から、まだ枯れていない新たな情感が噴出してくる。それは、無限大の火山のマグマのようだった。自分でも、すさまじいと、思う。いや、思っていた。彼が私の理性を完全に狂わせていた。

お互い、ある意味、溺れていたのだと思う。私たちは、出会うと、すぐにホテルへ入り、すぐに裸になって抱き合った。最後の方はそれしかなかった。悲しいことだが、私たちはただの野獣だった。

彼は、多分日頃の満たされない、何かを私で埋めていただろうし。

私は、友人が皆結婚していく年齢になって、しかも、東京で一流企業に勤めていたのに、親に帰ってくるように説得され、そんないろいろな不完全な思いを彼にぶつけていたのかもしれない。

そうしてお互いに抱き合っているうちに、なぜかそれが唯一無二の正直な行動になっていた。

親にも、友人にも、誰にも言えない関係は、それだからこそ、とことんお互いに埋没してしまったのかもしれない。

私たちは、酔っぱらったままスナックを出ると、そこで素直に、「さようなら」と言って別れた。彼は立ったまま、少し手を挙げた。私も手を振って別れた、と思った。彼にいよいよ捨てられたという実感がわきあがる。

3月の終わりだった。まだ、夕方はひんやりとして上着が必要なくらいだった。玉水新地の入り口辺りから、あまり勢いのない桜の木が数本立っている。勢いはないものの今、満開だった。その夜は見上げると月が綺麗に見えたが、不意にぼやけて歪んで見えた。私の目から、次から次へと何かが流れてきて、黄色い月が歪んで見えた。私は数歩歩いたと、思う。

桜の花びらが一片、ひらひらと目の前に落ちてきた。不意に私の中で激流にも似た感情がこみあげてくる。それは、自分の理性では到底制御出来ないようなものだった。私は数メートル離れてしまった彼に振り向いた。彼の方は、背中を見せているかと思ったら、暗い小道にただ立ち止まってこっちを見ていた。あまりにも暗すぎてこちらからは彼の表情がつかみきれない。でも、私は黙ったまま彼に向かって走り出した。彼は微動だにしない。

私は、彼に飛びつくと、両手で彼の顔を押さえ、彼の唇に自分の唇を重ねた。彼はそんな私をしっかりと抱き上げた。彼の目が充血している。彼は私を抱いたまま新地の方の旅館へと向かった。私は、髪を振り乱し彼の胸板を思い切りたたく。私たちは唇を重ねたまま旅館の入り口に入った。

私たちの体内でアルコールが駆け巡り、

「これでおしまいにしよう」という甘いささやきが私を飲み尽くす。

「泊まりだね」入り口のおばさんが私たちの行動を無視するように受け取った金をさっさと片付けると、部屋の鍵を渡してくれた。

私たちは、入り口で料金を払うと、靴を脱ぎそのまま二階へ駆け上がり、そうして敷いた布団の上に雪崩れ込んだ。彼は赤い花模様の布団に仰向けに倒れている私の太ももをそっと愛撫した。

そうしながら、立ち上がってほんのりと薄暗い部屋の中を見回した。

寒い日だったので、入り口に据え付けてあったストーブに火を点けた。

ストーブにあたりながら、私たちはお互いの服をもどかしく脱がし始めた。酒で火照った体をお互いまさぐりながら、布団の上で転がる。私が彼の下着も取り去ると、私たちはいつものように抱き合った。もしかしたら、酔ったせいで、かなり派手に転がったのかもしれない。

私の髪が彼の頬をたたくようにうねり、私たちは汗まみれになってうごめいていた。

裸の体に寒さをかき消すように抱き合いながら、それでも、寒さにうめいて、浴衣を羽織り、布団の中に潜り込んだ。私たちはこれが最後だからと何回も体を重ね合った。お互いの体がしなって動かなくなるまでうごめいた。

そうして深い眠りについてしまった。それが、どのぐらいの時間だったのか、覚えていない。

暑い暑いという夢を見ているのか、うつつなのか、私はだれかに頬をたたかれてうつろな目を開けた。

するとと、目の前が真っ赤だった。はじめ、まだ夢の続きだと思っていた。

その光景を認識するのに、時間がかかった。夢を見ているのか。これは。夢の中なのか。だが、激しい火の手と、すさまじい熱さが現実に私を引き戻した。

ふすまや、障子が真っ赤になっている。彼が、私に手を差し出した。

「清美！　火事だ！」

「博さん」私たちは半裸の状態で立ち上がった。もうもうと立ち込める煙と、周りに何があるかわからないぐらいに紅蓮の炎の中で私たちは見つめあった。

カーテンが火柱になっている。

布団もくすぶって黒煙を出していた。火元は多分、入ってすぐの場所だと思う。入り口の炎と、黒煙がすごいのでもう入り口からは出られなかった。

「清美、こっちだ！」彼が窓の方を指さしていた。私は、なぜか下着を探したが、見つからなかった。畳がぱちぱちと奇妙な音をたてている。黒煙が益々ひどくなって、その間から、鮮やかな炎が舌を出している。めらめらと勢いよく、そして時々はじけ散る音もした。

「清美！　何してるんだ！」彼が思い切り叫んだ。

「下着がないの」

私はまだ躊躇していた。

「ばかなこと言わずにこっちへ来い」

　私は言われるままに彼の方に近づいていく。もう少しで彼の手が摑めると、思った時、彼が手すりから飛び降りようとしているのが見えた。

「博さん！」私が彼にしがみつこうとしたとき、いきなり、私は火の中へ突き戻された。それが、彼の手だったのか、それとも、別の力だったのか、今になってみると、判然としない。

　あの時は、思い切り、彼の手で炎の中へ突き飛ばされたと、思った。いや、思ってしまったのだ。だが、あの時、猛烈な熱風に私たちは煽られていた。

　炎の中へ引き戻されながら、彼の振り向いた顔が今でも思い出される。炎に焼かれてちりちりになった髪が熱風で逆立ち、焼け焦げた顔の中で、こちらを見つめる瞳が、何故か、哀し気に、そしてなぜか狂気じみて見えた。浴衣がふわりと炎で舞い上がる。

　彼は何も言わず眼下の闇に落ちていった。私はその場に転倒していたのだろう。そんな私の目に、火柱が猛烈な炎をあげながら、落ちかかってきた。熱い！　私は、落ちてきた柱の炎に肉体が、そして、顔が炙られる痛みを感じて、思わず正気に戻った。

　私は、熱風にあおられながら炎の中を立ち上がり、着ていた寝巻が炎を出しているのにも拘わらず、きちっと前をしめると、今にも焼け落ちそうな手すりに手をかけ、その異様な熱さにうめき声をあげた。両手が焦げていた。

　背後から黒煙が迫ってくる。私はせき込みながら、手すりを越えて、思い切りジャンプした。

そして、二階の少し張り出した屋根にぶつかり、そこを転がり、その下へと落ちて行った。激しい衝撃と共に激痛が私を取り囲んだ。焦げる臭いがする。何かが焼けている。いや、私だ。私の体が燃えていていた。

「火事だ！」という声と、

「誰か、落ちてきたで」という声ははっきりと聞こえていた。私はそれでも、目を開けて彼を探そうとしていた。どうしても彼を探すことをやめられなかった。だが、目が開かない。

そうして、私は、消防車のサイレンのようなものを感じながら、闇の中に沈み込んでいった。

「わかったでしょう」私は、皮肉に笑った。笑ったと言うより、脱力した虚無の表情だった。

「彼は、あんたたちの方が大事だったのよ」

彼女は、少し体を後ろに沈めた。私の言っていることを理解してくれたのだろうか？

「あの男は、一緒に飛び降りようとした私を突き飛ばした。これ以上何が言えるの？」

私は、皮肉な笑いを見せた。

「良かったじゃない。あなたたちを選んだのよ」私は彼女にそう、押し付けるように言う

と、

「マスター！　昆布茶遅いんじゃない？」と、大きめの声でとりあえず言った。

彼女は、少し硬直したように、聞いていた。だいたい当事者の証言は食い違っているものだ。

彼女は傷ついたような、あるいは、こちらを気遣うような目をしていた。

しばらくして、私は、彼女に頷いてみせた。そして、改めて彼女に頭を下げた。

「ごめんなさい。私が嘘をついたわ」

「……？」彼女が首をかしげた。

「あれから、この10年間何回も、あの事故の事は考えたの」私は、ゆっくり深呼吸をした。

「今になって、思うの」

私は彼女の手が小刻みに震えているのに気づいた。

「彼が私を突き飛ばしたっていうのは、嘘だわ。嘘だと思う」

彼女は私の目を見上げた。

「思うって？」彼女は小さく呟いた。

「突き飛ばしたんではなくて、私が中に入るように引っ張ったのよ」

ごくっというような、つばを飲み込む音が聞こえた。

「……なんで？」

「あの場面になると、本当に思い出せなくなるの」私は彼女が私の前から少し身を引くのを感じた。

「でも、何度も、何度も考えるうちに、彼が私を突き飛ばすはずがないと思ったのよ」

それは、私のはかない希望だったかもしれないし、今となっては確認のしようがない。

「すさまじい炎だったから、熱風にあおられて中に引っ張った私は、中に落ちて、外に引っ張っていた彼が下に落ちたと言うのが真相だと思う」

そこで、私は、じっと私を見つめる彼女に静かに言った。

「でも、私は、あの時、別れるなら死にたいと、思ったのも確かなの。死ぬほど愛していた」

その後、私たちは、黙ったまま茫然と座っていた。かなりの時間そうしていたと思う。

静寂に耐えられなくなったのは、マスターの方だった。

はるか向こうの方で、彼は手を挙げた。大丈夫かい？　という合図で、手をひらひらさせている。いつもの合図で、私が手を振り返すと、敏子に連絡が行くはずだった。私は、返事をしなかった。

しばらくすると、彼が、小さな筒形の湯飲み二つに、昆布茶を入れて小走りに持ってきた。

「お待たせ！」

彼は、そう言うと、テーブルにゆっくり一つずつ置いた。

「ごゆっくり」

そう、彼女の方に向かって言うと、私の肩をポンとたたいた。

さくらは、私の話で、虚脱したようにぼんやりとしていた。思っていた以上の話だったのかもしれない。

私は、彼女の方に向かうと、

「これが、私のあなたに話すすべてです。あとは、何にもないんです」

と、言った。


「私も、あの事件から2年は入院して、その後家に帰って2年過ごして、それから大阪にやってきたんです。まあ、家出といえば、そうなんだけれど」

私はさくらに納得させるためにその後のことを話し始めた。

「まあ、いい歳なんだから、出たって不思議でも何でもないんだけどね。あのまま、家にいても何の進展もないから、いっそのこと大阪へ出ようと、思ったの。それに、精神的にはぎりぎりのところだった」

私は、自分の胸のあたりに手をやった。

「あれから、私は皆に化け物あつかいされながらも、いろんな人に助けられてここまで来たのよ」

さくらは、気を取り直すように私の方へ少し落ち着いた目線を送ってきた。

「気の毒に。綺麗なお嬢さんだったたって、みんなが言っていたわ」

過去形になっている。確かにそうだった。

「でも、お化粧のせいかしら。もう、ほとんど傷はわからないです」

彼女は少し微笑んだ。

「入ってきた時、正直なんてきれいな人なんだろうって、思ったわ」

それは、この白いドレスのお蔭だと、思う。私は大事な人の前に出る時は、多分ほかの女性より気を使っていると思う。それは、火傷があるという負い目からかもしれない。良い洋服は、着る人をグレードアップしてくれる。

「さくらさん、それは、美容整形のお蔭なの。後は、高級化粧品のおかげね」

私は、素直になっていた。もう、彼女に隠すことがなかったからだ。

「それで、私を探すのに興信所に頼んだわけ？」

「あなたがいなくなってから、主人は私に黙って、何回か興信所に頼んで調べてもらったんだけど、見つからなかったらしいです」

「でも、今回は主人が、あまり言うので父のつてで、大阪の有名な興信所に依頼しました。アンダーグラウンドな世界にも精通している事務所にね」

なるほど、老舗のお嬢ちゃんにはコネがあるってことか。

「私の所在は極秘事項なんだけど」私は薄笑いを浮かべた。

「大丈夫です。誰にも話しませんから」さくらは、やっと打ち解けてきていた。

「でも、一言言わせて下さい。主人はあなたの弟さんに約束したらしいんです。きっと見つけるからって」

「和夫？」私は意外な名前に声が上滑りした。

「でも、どこで和夫に会ったんでしょう」

「あちらから会いに来たらしいんです」

そう言えば、和夫は私が勤めていた工場へもやってきている。両親や皆が探しているのは知っていたが、まさか私を見つけ出すとは、あの時はびっくりした。でも、よくよく考えると、思い当たるふしはあった。

やはり徐々に散歩に出ていた私は逢魔が時を選んで出歩いていた。人の視覚が利かない時刻だからだ。

でも、知り合いに逢ってしまった。

魔物に出会ったのだ。

「逢魔が時ねえ」さくらは感慨深げだった。

「清美さん、私は見つけてもらって良かったと思います。本当は、あなたにお会いできるなんて、出来ない事ですもの」

さくらは、すこし私にたいして穏やかになっていた。包み隠さず現状を話したからだろう。

気に入らない女ではない。間に亭主さえ挟まなければ、きっと仲良くできたのかもしれない。この感じだと、実生活でもいろいろなことを難なくこなしてきている人だと思った。

「私は、高知を出てすぐに、大阪に来ました。最初は梅田近くのビジネスホテルで職探しして、その後、大阪市内の工場の住み込みの仕事があったんで、すぐに就職しました。製菓工場で、一日中検品とかやってたんですよ」

　私はその頃のことを思うと自然と口が緩んだ。同僚は皆親切だった。火傷のある顔にだれも触れてこなかった。きっと、雇い主が皆に気を付けるように言ってくれたんだと思う。

「じゃあ、占い師になったのは、何か理由があるんですか？」

「キクさんていう従業員の人で占いを趣味でやってる人がいて、私に教えてくれていたんです。彼女に言わせると、私には素質があるってことなので。それに、あと、住み込みで2年ぐらい働いていて、少し余裕が出来てくると、これだと一生この仕事で終わってしまうなと感じたんです」

　さくらは、え？　という顔をした。

「笑っちゃうかもしれないけど、四国から離れて、必死に生活してきて、そして落ち着いてきたら、私に欲が出てきたんだと思います。寮で住んで、目の前の仕事場に通っていれば、60歳まで仕事はありそうでしたが、それなら親兄弟を捨ててきた私に何も残らない。何か、将来にビジョンが欲しくなったんです。多分、そのころには前と違った生き方をする、あるいは出来ると言う漠然とした確信ができたのかもしれません。工場で友人関係ができて、皆と仲良く暮らしているうちに、あの頃自殺ばかり考えていた私が、少しですけど、やり直してみようって思えるようになったんです」

　さくらは、少し気の毒そうな顔になっていた。

「もっと、前に出られる仕事をするには、火傷のある顔だと、どこも雇ってくれない。だから、お金を貯めて整形手術を受けることにしました」

　さくらは、俯いた。どんな女でも考えることだから共感できたのだろう。だが、実現できる人は少ないはずだ。

「それで、占い師に？　占い師ってお金になるんでしょうか？」

「最初は、先輩について仕事を教えてもらっていたんです。だから、工場の仕事の給料しか収入はありませんでした。私が、大きく稼ぐことになったのは、周りが、私に不思議な能力があることに気づいたからです」

「不思議な能力？」彼女は掬い上げるような目つきで私を見た。

「そういえば、あなたの弟さんに頼まれて父が有名な興信所に頼んでくれたんだけど、報告書に潜在能力のある占い師って記載がありました。かなり占い好きの人たちの間では有名な存在だそうです。占い師の名鑑に載ってましたよ。『きよみ』ってなってました」

「あの事故の後に5年ぐらいしてから、私は占いを教えてもらっているうちに気が付いたんです。ある人を見た後で、その人の将来が見えたことがあったんです。いきなり、映画のシーンのようにその人の将来が見えるのです。占いをしていて、私が、最初に見えたのは、黄色いタクシーに乗ると、事故にあう、というものでした。その人は、３日後に本当に深夜酔っぱらってタクシーに乗って事故にあったんです。黄色いタクシーでした」

　彼女は驚いたように私を見た。

「それは、占いの能力？」

「先輩に聞いたら、一種の霊視みたいな能力だと思うということでしたが、よくは分からないって言ってました。あれから何回も見てるんです」私は自分に身に付いた能力はあまり嬉しくはなかった。また、別の化け物になった気分だった。

「先輩のキクさんが言うには、衝撃的なことがあったり、死にかけた人は、その後眠っていた能力が覚醒することがあるんだそうです。滅多に起きることがないそうですが。私がそうなってしまったみたいです」

「それは、すごいことですね」彼女は何か考えているようだった。

「その能力である有力者の命を助けることがあって、それから、飛躍的に収入が増えてきたんです。ダブルワークしていた工場も辞めて、占い師一本で暮らせています。美容整形の先生もその人に紹介してもらったんです」

「今、あなたは幸せなのかしら？」彼女は確認するように言った。

　私は微妙な笑い方をした。

「そもそも幸せになろうと思ってはいません。今の私の目的は、今後10年ぐらい頑張って仕事をすることです。この仕事は、こなす仕事の数で信用も変わってきます。自分は今は、ほぼ出張みたいな形で仕事を請け負ってますけど、10年後にはお店を持つのが夢です」

「それで、こんな店に？」彼女は、少し特殊なこの環境に驚いたのかもしれない。それはそうだろう。

「まあ、水商売の人の方が需要が多いし、結構な収入にもなりますから。借金があると、仕事は選べないんです」

そう言いながら、でも、私はこの人たちが、好きなんだと、微かに思っていた。彼女に言っても理解出来ないだろうが。

さくらは、うなずきながら聞いていた。

「だから、この仕事のおかげで全身にある火傷の跡をほぼなくしてきました。顔の方がデリケートなんで、あと一回は手術が必要ですけど、稼いだ金は全部手術代につぎこみました」私は彼女に微笑んだ。

「医師が言うには、もう少しで終わりだそうです」

さくらは、うなずきながら両手を握りしめていた。

彼女は、少し安心したような顔もしていた。

「変な言い方だけど、あなたに会えて良かったです。想像ばかりしていると、辛くて発狂しそうでした。父は、あの事件の後、主人に離婚届に署名させていました。それを私に預けていて、すぐに離婚したらいろいろと問題が起こるだろうから、落ち着いたころに出せって言ってました。それは、今私が持っています。生まれてきた子は主人になついているし、彼は、父と相談して潰れかけていたお店をインターネット販売に切り替えたんです。

仕事はそれで、もちなおしたんです。その辺は父も感謝してます。主人も、あれから謝罪のつもりで必死で働いてくれたんです」

「ごめんなさい。あなたに、悲しい思いをさせてしまって」

今は、この言葉は素直に出てきた。

「大阪へ出たのは、とにかくその時の私を捨てたかったからです。あのまま家にいたら、死んでいたかもしれません。自殺しようと何度も思ったんですから」

さくらは、私の話を噛みしめるように聞いていた。私たちの苦悩が分かったのかもしれない。

「今の生活はどうなんでしょう?」彼女は問いかけるような表情になった。

私は、もう一度彼女を見返してそれから言った。

「それはどういうことですか?」

彼女は私を傷つけないように、言葉を選ぶように言った。

「例えばですけど、金銭的に困っているとか。美容整形は実費だから、数百万円のお金が必要だったはずです」

「以前はね」私は懐かしむような目になった。「今は借金は残ってるけど、2年後ぐらいには返せそうな目途も立っているし、生活には困ってないです」

「もし、金銭的に困っているようなら、少しぐらいはご援助出来ます。主人のこともあるし」

彼女は本気で言っているようだった。

「奥さんにそんなことしてもらうわけにはいきません」私ははっきりと言った。

「私の方に非があるのに」

「そう言うと思ってました」

彼女は、納得したのかしないのか、曖昧な表情になっていた。気になるのは、もう少し何か言いたいことがあるような、微妙な表情だった。

「ごめんなさいね。お役にたてなくて」私はもう、彼女を追い返したい気持ちが持ち上がっていた。頭が痛くなりそうだった。

彼女にとっても、会いたくなかった相手だろう。それでも会いに来たのは、ご主人に対する愛なのかそれとも、私の弟に頼まれただけなのか。それを思うと頭がきーんと痛くなった。

「とりあえず、あなたを見つけたから帰ります。主人は弟さんとご家族のために探し出してやってほしいって言ってたので」彼女は少し天を仰いだ。

「だけど、弟さんには、主人から連絡してもいいんですか？」

「待って下さい」私は言った。

「弟に私を見つけるって約束したのなら、あと少し待って下さい。必ず帰るときはあなたに連絡します。その時は弟に言って下さって結構です」

「わかりました。なるべく早くお願いします」彼女はバッグから名刺入れを出し、自分の

名前の入った名刺をくれた。私はそれを受け取りながら、

「ええ。長くは待たせません」と、返事した。

私たちは、それ以上何か話す言葉があるのかないのか模索していたのだと思う。

互いに黙ったまま、その場に凍り付いていた。離れたいけど、動けなかったのだ。


どれだけ時間が経っただろう。

不意に彼女が言った。

「もし出来ることでしたら」彼女が思いついたように私を見た。

「あなたに、私を占ってもらうってことはできませんか？」

私は思わず、彼女を見返した。

「お客さんになって？」

「ええ」

私は、壁にかかった時計を見た。

「あと、少し時間があるので、良かったらここで占いますけど」

「良かった！　お願いします」

私たちは座り直した。

占いは、30分ほどかかってしまった。

それだけ、彼女の中に抱えているものが重かったということだろう。

私は、最初は漠然とした、彼女の手相や、四柱推命による診断を話していたが、彼女の本当に知りたいことが曖昧模糊としていた。多分、本心を隠していたからだろう。

だが、長いこと占いをやっていると、その職業に徹した対応が出来るようになっていた。

私は、他人よりも丁寧に占ったと思う。彼女は時々ため息をついていた。

あまり何度も考え込むので、私の判断も重たくなってきた。

そうすると、かすかな頭痛が始まる。私は切り上げ時だと思って、

「私の占いはここまでです」と、言った。

彼女は本当に深く息を吐いた。

「素晴らしいですね。ここまで占えるなんて」彼女がそう言った。

「実は、うちの家は昔から決まった占い師さんに、占ってもらっていたのです」

私は彼女の安心したような、解放されたような表情をぼんやりと見つめた。

「でも、あなたの方が、数段素晴らしいわ」彼女は同じ文句を呟いた。

私は「あなたが言っていた、金のブレスレットのことなんだけど」と、言った。

「確かに、あなたが言ったとおり、あなたの旦那さんが買ってくれたものです。でも、誤解しないでもらいたいんですけど、誰かにもらったから身に着けているとかいうんじゃなくて、あれが合図になるんです」

彼女は首をかしげた。

「何か見える前に、あのブレスレットが微かに揺れるんです」

何かに共鳴するように微かにだが揺れる。ああ、予知夢だと思うとピタッと止んだ。

「だから着けているんです。鮮明に見るために」

私はそれ以上は彼女と話す気力がなくなっていた。

「すみませんけど、疲れたから、戻って寝たいんです」

「顔色がすぐれませんね」

「いつも、集中すると頭痛がするんです。占い師が、楽して金取ってると言う人がいますけど、多分、自分の神経を削って占っているのだと、思ってほしいです」

「わかりました。もう帰ります。いろいろありがとう」

彼女は料金を支払うともう一度私を見た。

立ち上がって帰り際に、

「ご連絡お待ちしてます」と、言った。私は無言でうなずいた。

彼女は、立ち止まったまま凍り付いたようになっていたが自分に言い聞かせるように何かを呟いていた。それから静かにタイルの床を踏んでドアの方へ歩いて行った。遠くのカウンターの方で、マスターがもう終わったのか？　と言うような身振りをしていたが、知ったことではない。ポーチの中から、私は頭痛薬を出した。後の占いが微妙だ。今日は二人ぐらいだから、何とかなりそうだ。

そう思ったとたんまたしても私の目の前に画像が浮かんできた。

静かな風景だが、平穏な風景ではなかった。

ポトスや、ゴムの木などのやたら多い目隠し的な観葉植物の向こうで、ドアが開きばたんという音がするのが聞こえた
私は、ドアの方へ走って行った。マスターの何事か？　という顔が見えた。

思い切りドアを開ける。

さくらさんの後ろ姿が見えた。

「待って！」

彼女が振り向いた。力のない表情に見えた。私は追い付いた。

「別れたらだめですよ」私は彼女に駆け寄ると両手で肩をつかんだ。

「何か、見えたんですか？」彼女が驚いたように私を凝視した。

「あなたたちが別れる場面が」私はごくっと唾を呑んだ。

「あなたたちが飛行場にいたわ。あなたは花柄のワンピースで女の子の手を引いている。ご主人に別れを告げているのね」

そして、向こうの方を指さした。

「あのぐらい向こうに旦那さんがいるわ。彼に手を振っているの。彼は、悲しそうにも見える」

「そんなはずは……」彼女が小さな声で呟いた。

「別れたら一生後悔するはずよ」私ははっきりと言った。「絶対に」

彼女は「本当に？」と、呟いた。のろのろした動きで私に向き直った。

「実は、主人の最後の希望であなたの弟さんにあなたを見つけてあげたら、離婚することになってました。うちの父の命令です。父は、一度裏切った人間を許したりはしませんから。主人は、前からの知人の台湾人の所で、お茶の研究所に通うことになっています。多分4月の頭にはあっちへいくはずです」

私は彼女を思い切り抱きしめた。

「台湾は近い国です。あなたも一緒に行くことをお勧めします」

「本当に？」と、もう一度彼女は呟いた。彼女の体は思ったよりずっと細かった。

「お父様の意見があなたたちのすべてではないはずよ」私は確信を持って言った。

「そして、お父様は必ず説得できます。あなたは、ご主人のために、会いたくもない私に会いに来たんじゃないですか」

私は彼女の耳元で囁いた。

「よく私の話を聞いて。今の私の意見は、一人の女の意見ではなく、有名な占い師の意見です。ご主人と、今私の言ったことをよく相談して下さい。一生後悔しないために」

彼女は、間近な私の目の中をじっと覗き込んでいた。それは、確信を得たいという、必死な思いだったのだろう。

その後、彼女はよろめくように去って行った。その後ろ姿を私は見えなくなるまで見送っていた。

そして、彼女を見送ると、ふらふらとアミのドアを開けて中へ入った。

しばらくの間、私は黙ったままテーブルにうつぶせていた。

何なんだろう、この緊張感。

不思議な感覚だった。自分で封印していた扉が、彼女が来たことによって破られたのだ。

知りたくない現実が今そこにあった。

とはいえ、もう私にはどうしようもない。

気が付くとマスターが傍までやってきていて、小さな湯飲みを私に押し付けた。

「熱いわ！」私が怒鳴ると、

「厄除けの緑茶！」

彼は私の手に握らせた。

私は、その志野の湯飲みの温かさに少しほろっとなった。

「確かに」

「後で、塩撒いとこうか」マスターが静かな声で言った。

「そうね」確かに厄だ。この商売の人たちは信心深い。頼るものが何もないからだ。

マスターは私の耳元に口を寄せると、

「あの女、また来るよ！」

と、嫌なことを言った。

そうだね！　と、私は無言でうなずいた。
パンドラの箱が開かれたのだ。
何もないわけがなかった。

3．篠山さくらの話

私は、午後の高知行き高速バスに乗り込んだ。バスに乗り込むと、改めて大阪の街の喧騒に驚いていた。何もかもが大掛かりで大げさだ。

私は子供の頃から農家の庭先で育っていた。いつでも緑と赤茶けた土に囲まれた、ほんとに何もない田舎で、父母と、従業員のおばさんたちに囲まれてのびのびと育っていった。

学校だって何キロも歩かなくてはいけない。

皆、遠くから歩いて通っていたけど、私は父が仕事場へ行く途中で送ってくれていた。

皆、私を篠山お茶屋のお嬢さんと言って、それを特別だとは思っていなかった。

遠くには四国山脈の山の尾根が青く霞んで見えている。どこまで行っても森林ばかり。来た人は、

「何にもないね！」と言うけど、私は静かなその景色を愛していた。

父はうちの作ったお茶や、海外から仕入れた紅茶や、台湾のウーロン茶などを販売して財をなしていた。

販売する相手が大手の会社や神社、葬儀社などもあったせいだ。

財産が出来ると、人は変わってくるのかもしれない。

父は、母が生きている間は、家にも滅多に帰ってこず、電車道のあの店舗兼事務所で仕事をしていた。

あの頃、多分面白いように儲かっていたのだと思う。店にお金をかけるのはもったいないとばかりに、引き戸がギシギシいうようなおんぼろな店だった。

ただ私も一度子供の頃母と訪れたことがあるのだが、外観はおんぼろだが店の中は天井までぎっしりと商品のサンプルとか、商品とか、書類全般がきっちりとしまい込まれていた。

効率的ではあったのかもしれない。

主に個人に売っているわけでもないから、外観にお金をかける必要もないし、それこそ却っておんぼろで儲かってない感がだだ漏れな作りは一種の盗難防止にもなっていたと思う。

主人も、白いシャツと濃紺のスラックスが定番だった。

その格好でどこでも出かけて行ってた。

私のうちは、高知市内から車で1時間半か下手すると2時間ぐらいかかる四万十市の山沿いの白壁の高い塀に囲まれた屋敷である。それこそ築200年程とも思われる純和風のお屋敷だ。1000坪とも、1500坪とも言われている邸宅の中は、古色蒼然とした昔ながらの母屋と、離れが3棟ありそれぞれに家族の一家が住んでいたものだが、今は母屋以外空き家になっていて、父の商売のお茶の葉とか、みかん畑でとれたミカンや、近隣の農家から仕入れた農作物がうずたかく積まれていた。一時はお手伝いさんもいた。だが、時代の流れとともに、うちの商売も高知県内の人間相手に商いするだけでは、商売が成り立たなくなりつつあったので、母が思い切って解雇した。商売の営業所も、南国や安芸市にも中継点を作って従業員もいたのだが、黒川（夫）が運転免許を取得して車で回り始めてから、市内の今ある電車道沿いの事務所のみ残して閉めてしまった。

いわば黒川（夫）が父親と分担して営業をしていたことになる。黒川は中学生の頃から営業所の事務員の男が遠縁の息子だと言って手伝いに使っていた。

彼の親には会ったこともないが、父は親の縁の薄い子だと言っていた。父は良く働くし、物事の飲み込みも良く、見た目もさわやかな男に育った黒川をそれなりに評価していた。父の描いていたのは、多分自分たち夫婦が老いてしまった後、娘にしかるべきところから婿をとらせて、今の事業を継いでほしかったのだろう。その時、自分の仕事のやり方を良く知っている黒川を大番頭にしたかったのだろう。

母は、黒川を父親の弟子だと言っていた。

そのくらい、彼と父の関係は濃かった。

多分私たちが知らない仕事上の秘密は、彼の方がよく知っていたと思われる。

ある日、父が、

「新しい従業員雇ったから」と言って、訪ねて来た私たちに紹介した。

俯いて頭をぺこりと下げた男に私たち母子は、また父の気まぐれが始まったとばかり、あまり興味も示さなかった。それ以来、会うことはなかった。

それぐらい黒子に徹していた男だったし、存在感もなかった。

私が、再び彼に注目するようになったのは、母が心筋梗塞で急死してからだった。

あれは、私が京都の短大に行ってた時だったけど、学校の事務の人から呼び出された。

「篠山さん、事務の人が呼んでいるので、事務室に行って下さい」

国文学の先生が壇上から声をかけてきた。

私は、半ばぼんやりと階段教室を下りて、そのままドアを開けて事務室に向かった。

何も考えていなかった。

それまで、生まれてから何の不自由なく育った私には、何の心配もなかったのだと思う。

廊下を歩きながら、何だろうと思っただけだ。

廊下の外には、新緑の木々の緑が見えていた。

あれは、6月の15日の事だった。そうだ、梅雨の雨が二、三日続いていた後の晴れ間だった。

だから、緑が美しかったのを覚えている。

女子ばかりの大学だったので、柔らかな優しい雰囲気の木々が窓の外から、私たちを囲んでいた。寮に入っていた私は、学校までの小道の往復で2年間があっという間に過ぎようとしていた。教育期間が短かったので、内容はかなり詰まったものになっていた。

私は、文科系の大学へ行きたかったが、考え方の古い父は家政科を出て、単純に結婚してほしかったようだ。

あと、基本婿養子を取って、私に家事をさせて、婿に今の仕事を継承させたかったのだろう。

母は、同業者の娘で、畑や不動産もかなりの数を持っている豊かな家の一人娘だった。

両家が結ばれることによりお茶屋は、ブランドとしての名前も、盤石なものになっていったと思う。

母は、良家のお嬢さんで、もとの家にはお手伝いさんもいた。

ただ、昔、お手伝いさんのいた家庭は普通にあった。

年月が経って時代の流れで不動産も売り払ったり、多少賃貸で残したりと、色々変化があったものの今でも資産家の家で通っている。

私が、事務所の受付へ回り込んでいくと、受付の人が、

「篠山さんですよね！」と、声をかけてきた。

「そうです」

「今、電話があって高知日赤病院へお母さんが入院されたと、連絡がありました。授業中やろうから知らせてほしいとのことでした。出来るだけ早く帰ってきてほしいそうです」

受付の人は早口でそう言った。

私はあっけにとられたように彼女を見つめていたが、その時、携帯電話のバイブレー

ションに気が付いた。

携帯を取り出すと、何回も着信があって、「黒川　博」という名前が出ていた。

ええっと、誰だっけと考えながら出てみると、

「黒川です」という声がした。

「あの……」私が逡巡していると、

「お父さんと一緒に仕事をしているものです」という落ち着いた声が返ってきた。

ああ、あの人か？

「お父さんからの伝言ですが、お母さんの容態はかなり悪いそうなので、もしすぐ帰れるものなら帰ってきてほしいそうです」

「母はどうしたんでしょう」

「心筋梗塞を起こされて自宅で倒れてたのをお父さんが見つけて救急車を呼んだそうです。倒れてから時間が経っているようなんですよ」

「あたし、すぐ帰ります」

「そうですか。では御父上にお伝えいたします」

「よろしくお願いいたします」

その時は、まさか母が死ぬなんて思ってもみなかった。もともと、無理しているタイプではなく、血圧が高い程度でたいして問題になるような病気もなかった。

私は、事務の女性に経緯を話すと、大学を後にした。

「お気を付けて」遠くで女性の声がした。

母は私の親と言うより、友達に近かった。年にしては老けていない顔と、小柄で華奢な作りなので、今でもお嬢様感は私よりもあった。

あの、母親が病気で倒れるなんていうのが青天の霹靂だ。何事が起こったのか理解出来ず、おまけにぼんやりとした頭は、依然とすっきりせず、ただただ追われるように学舎を出た。

その後高知まで辿り着いた自分の足跡は、思い出せないのだ。

ただ、駅に着くと、待っていたように男性が寄ってきた。

「お帰りなさい。大変でしたね」

私は、じっと彼を見つめた。予想外に若い男だった。その時子供の頃一度だけ出会った少年だと気づいた。全く別人だった。日に焼けて引き締まった体つきをしている。上品な顔なので、お茶屋の従業員としては、うってつけかもしれないと思った。

「あ、黒川です」

彼は少し困った笑い方をした。何故か、私はその顔を見て、思わず涙ぐんだ。

「母はどうなんですか？」

彼は俯き加減で、それでも訥々と、事情を話してくれた。

父が朝出かける時、母は元気よく送り出してくれたそうだ。いつも通り、お弁当も作ってくれていたそうだ。

その後、2時間ほどたって書類を取りに帰ったら、ドアが開いたままで、声をかけても誰も返事しないので、不用心だと内心怒りながら入って行くと、台所で母が倒れていたとのことだ。

「多分、台所にいたことを考えると、後片付けの最中だったと思われるので、1時間半ぐらいは経っていたのかもしれません」

台所の床は、硬いだろうなあと、漠然と思った。

「母は大丈夫なんですか？」

「お医者さんは、今夜が山だと言ってました。だから、呼べる人がいたら、呼んで下さいと言われたのです」

それを聞くと私は涙が止まらなくなった。全身に震えが走る。手に持ったカバンを彼が取り上げた。

彼は私にしっかりと寄り添うと、

「お父さんが待ってます。急ぎましょう」と、言った。

私たちは、会社の車に乗って赤十字病院へ向かった。

「母は元気でした」

私は、確認するようにつぶやいた。

「そうですよね。何もご病気がなくて」彼は運転しながら、慰めるように静かに言った。

駐車場に車を入れると、彼は私のカバンを持ってくれた。

そう言えば、列車の時間は教えていなかった。タクシーで行くつもりだったから。

彼は、時間を見計らってずっと待っていてくれたことになる。

「駅でだいぶお待ちになってくれたんですよね」

私は、済まなさそうに言った。

「大体の時間は調べておいたので、配達しながら時間になったら待ってましたよ」

彼は、落ち着いた感じで言った。

私たちは入り口に入ると、すぐに個室の方に向かった。

何人もの看護師や、職員が慌ただしい足取りで脇を通って行った。

彼は、私のカバンを持ったまま、滑らかな足取りで進んでいく。暫く真っ直ぐ行っては角を曲がってを繰り返すと、病室がずらりと並んだところへ出てきた。

ナースステーションの真向かいの大きな開きのドアをノックして開けると、

「社長、お嬢さんがいらっしゃいました」

黒川は急にビジネスライクな声になる。

「そうか。さくら、帰ってくれたか」

父の低い声が聞こえた。私は、その声に向かって突き進んだ。入り口からはベッドの白い柵しか見えなかった。私は足元を回り込んで父の傍へ立った。

白いベッドに蒼白な顔の母が、見えた。眠っているようにも見える。

ベッドサイドにモニターがあって、母は色々な透明のチューブにつながれているように見えた。それは、全く現実離れした光景だった。幾重ものチューブから見える母の顔は、まるで可憐な少女のようだった。

「さくら、お母さんを見てあげてくれ」父は、やや震える声で呟いた。

私はベッドの枕元に立つと、

「お母さん、さくら、帰ったよ」と言った。

「お母さん、早く良くなって。また、さくらと、出かけよう」私は、意味のないことを立て続けに言って、そして涙を流した。涙はどんどん出てきた。

母は全く反応せず、多分私たちの言葉も聞いていなかった。それが、よく分かって悲しかった。父が、わかっているよと言う風に、私の肩に手をおいた。私はいやいやをするように首を振った。

そこにいる彼女は、いつも、にこにこして、私たちのご飯を作ってくれている、働き者のお母さんではなかった。

それが、永遠に失われようとしているのが、私にはわかっていた。どんなに時間を止めようとしても、私たちにはどうにもならない。それが、よく分かった。

そうだ、母はもともと体が丈夫なたちではなかったのだ。

「さくら、お母さんの傍に座っていてくれ」父は立ち上がると、私に椅子を譲ってくれた。「先生と話をしてくるから」父はそう言って出て行った。なんだか、一回り小さくなって老けたようにも見えた。私は椅子に座ると、母の手を握った。

母の手は小さく、そして冷たかった。反対側の手は多分点滴につながれているのだろう。脈を取ってみたが、弱々しく微かだった。

お母さん、あなたは私の自慢の母親だった。

そうとしか言えない。私は黒川を探した。彼は入り口で父と話していたが、また、こちらへやってきた。

「社長が、残っている仕事をするように言われたので、とりあえずいったん事務所へ帰ります。すぐ戻ってくるので、しばらくお待ち下さい」

私は多分充血した目と、涙だらけの顔で頷いた。彼はひんやりとした爽やかな空気を残して、私の傍から去って行こうとした。その時、私は今まで知ろうともしなかった黒川に全幅の信頼を寄せている自分に気が付いていた。というか、こうなったら彼に頼るしかなかったのだ。

「早く帰ってきてね」私は泣きながら彼に向かって言った。

彼は、入り口で振り向いて私に手を振った。

「すぐに帰りますよ」

そう、彼はスピーディーに仕事をこなした。

頭もいい、見た目も爽やか、父親も信頼している。

あの頃の私は、全力で彼に傾いて行った。

母は医師の言った通り、２日後に亡くなった。意識が戻ることもなかった。

その後、盛大な葬儀が執り行われ、私と父と黒川は、それはもう、対応にてんてこ舞いだった。

葬儀は、やらなければならないことが、多すぎる。それは、残って生きていかねばならない人たちに、悲しみに浸る時間を与えないためのものだと、いつか聞いたことがある。

特に、うちのように商売を手広くしているものは、決しておろそかにしてはいけない儀式だった。

私は涙で腫れあがった顔で、近所の人たちに対応した。

「お嬢さんも、大変ですね。お体に気を付けて」

「無理しないでね」

色々な言葉が投げかけられて、それでも私は今になると、あの時どう対応したのかも覚えてはいない。

そうなんだ。人生は流れていく。どうやって対応したのかなんて、誰に聞いても覚えてないというだろう。

ただ、時間だけが粛々と過ぎていって、そして私たちは母のいない空間に嫌でも慣れなくてはならなかった。

私は学校に戻り、3月に卒業だったが、1月にほぼ全部の授業を終えてしまうと、卒業式を待たずに寮を出た。

父のたっての希望で、学校側が折れてくれたわけだった。

私は、家に帰ると、今までとは全く違う仕事が待っていた。

父は、私に母がやっていたことを、ほとんどは自宅での仕事になるが、すべて教え込み始めた。

母の死と同時に、父は自分の死期も考え始めていたのかもしれない。

そこそこやっていけていて、１００年以上続いているお茶屋をつぶすわけにはいかなかったのだろう。

私には、父の気持ちが痛いほどわかっていた。だから、黙って彼の言う事に従った。

父は、仕事に没頭することで母のことを考えないようにしてるようにも見えた。

愛していたというより、もちろん愛してたのだが、もう後がないことを察していたのだと思う。

思い出したけれど、母は子供の頃心臓が少し弱いと医師に言われていたそうだ。だが、その後成長に伴い、何の不自由もなく暮らせたので、母も皆も忘れていた。

多分、そのことが今回の死につながっているような気がしている。この世のものでない美しさのある人間は、早くこの世のものでなくなるのかもしれない。

あれから、何年経つだろう。私の中で、母は不動のものとなってしまった。

誰も、彼女の上に行けないのだ。

父は、私に母の後継者の地位を与えることにより、母の死を認めないようにしていたような気がしている。父は感情を表に出さない人間だった。

それは、母の死を、娘と二人で淡々と処理しているときにも同じだった。耐えているのだろうが、表情に出ないので、私は一抹の寂しさを感じていた。

そんな私たちを、フォローしたのが黒川だった。

黒川は、多分勤め先のお嬢さんと言う位置づけで私を見ていたのだろうと思うが、その有り余る親切な行動に私は徐々にのめりこんでいった。

多分、あの時の私は、誰でも、手を差し伸べてくれる人がいたなら、その人の胸に飛び込みたいぐらい孤独だった。

友達もたいしていない私は、恋愛もよく知らないままに、黒川に疑似恋愛していたのだ。

何かあると、すぐに彼を呼んだし、彼もそれに応えてくれた。

上品な顔と、繊細な指先、引き締まった体は、私にとって貴公子だった。

というか、あまりにも男を知らな過ぎた。

そうした慌ただしい出来事の間に、当たり前のことのように私たちは結婚したのだ。

結婚自体は父が提案したのだが、私は既成事実のようにそれを受け入れた。もちろん、彼がどう思っているのかさえ、聞くことはなかった。

彼が、反対しないので、私たちは盛大な結婚式を執り行い、そして、新婚旅行へ出かけた。

だから、彼が事件を起こしてしまった後で、私たち、特に父は慌てふためいた。

10年ぐらい前の、彼のしでかした事件は、何やかやで父親がもみ消して他人の口に上ることも多くはなかった。もちろん、陰ではいろいろ言われただろうが。

父は夫が取引先で知り合った性悪女に騙されたんだの一点張りだった。

相手の親も、娘の不始末をうやむやにしたかったのか、その辺は何ももめごとにはならなかった。

相手の親ともじっくりと話したとは聞いていない。恐らく相手も同じ気持ちだったのだろう。

そう、私たちは臭い物に蓋をする行為をしてしまった。

本当になかったことにしてしまった。

それが良かったのか、今になるとわからない。

夫は土下座して私たちに謝った。

父は、自分も女を囲ったりしていたので、あまり大きなことは言えなかったと思う。母は父が女を作るたびに、頭痛がすると寝込んでいたものだ。

父はそんな母を、宝石とか買い与えてごまかしていた。お前とあいつらとは、べつもんや！　というのが、彼の持論だが、果たして母は許していたのだろうか？

私はそうは思わない。母も私と似て、穏やかそうだが勝気だった。

焼失した旅館には父はしかるべき金額を積んだと聞いた。数年後にこぎれいな居酒屋風な店に変わっていた。

女とあいびきしていた、電車道沿いの店は、今でもそのままだ。表に店舗移転の張り紙はしているが、その紙も、いつの間にか、ふちが黄色く変色していた。

売却するにしても大した金額にはならないだろうが、電車道沿いの場所は色々と都合が良かった。

店はもとからいちげんの客が来なかったので、一応書類とか、サンプル置き場にしていた。

たまに夫が書類整理や、市内での客との待ち合わせに使っていた。

もう、二度としないという夫の言葉を私たちは信じた。

いや、信じざるを得なかった。

夫がいなければ私たちの会社は成り立たない。彼は、重要な駒だった。

いや、そんなことはなから考えていなかったかもしれない。父は彼抜きでの仕事は考えていなかった。私は育児に追われ、仕事の手伝いもあって、自然と元の生活に戻っていった。

彼に対する疑問や、不信感を心の奥に封印したまま。

何より、あの事件が衝撃的過ぎて、現実感がなかったのだ。

父は、救急売病院へ搬送された主人のもとに私を連れてゆきながら、警察から聞いたことの顚末を私に説明した。

だが、それは真実だったのだろうか？

今にして思えば、父の精一杯の私に対する愛情だったのだと思う。

父は母が死んでから、押し付けるように私を手元に置いて、彼と結婚させた。

彼は、自分の親戚筋から雇った人物だった。間違いがあってはならないことだった。

父は血筋を重んじるタイプで、自分の縁戚を一番信用していた。

それがあんな形で裏切られるとは夢にも思っていなかっただろう。

父は何遍も自問自答したはずだ。

私にしていた言い訳は自分にしていた言い訳だった。

悪い女に騙されたんだ。

女が彼の知らない間に心中目的で火をつけたんだと。

女は子供の頃から貧困な生活をしていて、売春もしていたと。

貧しい家柄で、彼が接待に使っていたスナックで働いていたんだと。

それに対して、彼は一言も弁解もしなければ、無言を通していた。

今にして思えば、父の命令に従ったままでの事だったのだろう。

父と彼は病室で長い間話していた。私を外したのは、出産したばかりの私を気遣ってのことだったのだろう。

事件のことは、だいぶ後になって、親戚のおばさんから控えめに聞いた程度だった。

私は一度病院に行ったきりで、後は自宅の方にずっといた。

「さくらちゃんも大変やねえ」叔母は私の入れたお茶を飲みながら言った。

「はあ」

「みんな、あんたには同情してるんだよ」彼女は探るように私を見た。

「博さんもねえ、世間知らずやから、変な女に引っかかって」

「はあ」私は上目遣いに彼女を見た。

叔母は気まずそうな顔になった。

「まあ、退院してきたら、何も言わんと、今まで通りしてあげなさいね」

どういう事なんだか。私は返事に詰まっていた。

夫の処遇はもう親戚みんなで決めているようだった。

私がすぐに別れると言っても、通らないということだ。

ただ、折を見て夫を切り捨てるつもりなんだろう。

もっとも、実感がなくてどうしていいかわからないし、まず退院した夫の顔を見るまでどんな態度にも出る自信はなかった。

何より生まれてきた子供には何の罪もないのだから、私は彼女にかかりきりになることで危機を逃れたのかもしれない。

赤ちゃんは最初はしわだらけだったが、そのうち皮膚が伸びて白い肌になってくると、驚くほどかわいくなっていった。

そう、彼女は私の希望だった。

夫は微熱がしばらく続いて、感染症を起こして何度も昏睡状態になったりしながら、2年ほども帰ってはこなかった。

人のうわさも七十五日とか言うが、確かに彼の起こした事件は日を追うごとに風化していった。

やがて世間を騒がす大きな事件が次々に起こって、彼は忘れ去られていった。

そうして、ある日彼は風のように帰ってきた。その時、父は仕事に出かけておらず、私は玄関の花を活け替えていた。

玄関口を開け放して、風通しを良くしたところで、娘の泣き声が聞こえた。

私が、娘を抱いて、玄関口へ戻ってくると、黒い人影が立っているのに気が付いた。

「……」

逆光になって、黒いシルエットだったけれど、その立ち姿に見覚えがあった。

青白い顔の彼が家の玄関に立っているのを見ると、私は2歳の子を抱いたままで、彼の方に走っていった。

不思議なほど懐かしい感情しかなかった。

「お帰りなさい」

彼は私たちをまじまじと見つめた。日焼けが醒めて青白くも見える皮膚はつやがあって美しかった。火傷の跡も服の下は分からないが、顔には何もなかった。

「済まなかった」

彼は深々と私に頭を下げた。

「これからは、一生をかけて償っていくよ」

この言葉を聞いて、私は子供を抱いたまま彼の胸に顔を埋めた。

子供が甘えたような声をあげた。彼は子供をひたすら撫でていた。

それから8年近く、何事もなく私たちは静かに暮らしていたのだ。

何事もなく。

彼には、多分両親も、近親者もいないのだろう。

それが、うちにとっては好都合だったのかもしれない。

そう！　私と父は彼の都合の良さを利用していたのだ。こちらの家庭に最も合う男は、確かに彼しかいなかった。それは、今にしてみてもそうなのだ。

あの事故の後、父の対応は速かった。そして完璧だった。父はまず会社を温存することを考えたのだから、やることは決まっていた。

父と違って私は彼を愛していた。自己中心的かもしれないけど、父よりもっと密着した気持ちで、彼を愛していた。

自分勝手な愛かもしれないが、母の死んだあの日から、私の気持ちはそのまま真っ直ぐに彼へと傾斜していった。

彼のすべてが今となっても私には愛おしい。

だが、父は彼が退院してくると、離婚届に署名するように彼に求め、それを私に保存させた。父の考えは、すべて順調で、ほとぼりが冷めたころ、私が離婚届を役場に出す手はずだった。

私は、え？　と、思ったが、それからの父の行動は速かった。こんな形で裏切った婿を最初から許す気はなかった。時が来たら、なかった人のように切り離す気だった。

それまでに、専業主婦だった私に、夫に命じてすべての仕事を引き継がせるようにした。

父も私に、仕事のすべてを教え始めた。夫は無表情に父の言う通りに行動していた。

私は何度も父の顔を見つめたが、それで彼の揺るがぬ決意をしっかりと感じた。それから、私は、経営者としての道を歩み始めたのだ。

そう、最初からその方が良かったのかもしれない。

私たちは、母も含め同志だった。暗黙の了解が私たちにはあった。

だが、彼には多分その気持ちさえわからなかったのではないだろうか？

暗黙の了解が出来るのは、私たち血族のみだ。

思えば、身内も一人もいない、天涯孤独の彼にとって、私たちは重たい一族だったのかもしれない。

彼がもし耐えていたのだとしたら、一人の男にとっては若いころからの20年余りはあまりにも代償が大きかったのではないだろうか？

今になって、彼の人生を考えると、彼にとって自由な時間はあまりなかったような気がしている。

他人に気に入られようと思って必死になる人生は、彼の人生ではない。

そう思うと、私は彼を気の毒に思う。

父は代々男が引き継ぐ仕事を娘の私に継承し始めていた。

そうするしか、彼を離婚したのち、店を存続できないからだった。

そう、不思議なことに、夫からの助けを借りて、私は父の仕事をきれいに継承することが出来始めていた。

そうなると、もう彼は必要ではなかったのだろう。少なくとも、父にとってはそうだった。だが、私には分かっていた。彼の手助けがなければ、それが成り立たないことを。

そこまで辿り着いた時、私はあの封印された事件を思い出したのだ。

そうして、私はありえないけど、彼女のことも調べ始めた。父の言っていたどうしようもない女ではないこともそこで知った。私以上に優秀な人間だった。彼に出会わなければ、きっと幸せな結婚ができたはずの人だった。

そうすると、彼の存在は非常に罪深い。いや、不倫に陥る人間とはおそらくそういったものなのかもしれない。割に合わない、失う事の多い事を、人間はあえてしてしまう。

あえて、してしまうのが、人間なのかもしれない。それを、非難するのは簡単だが、あえてそこに飛び込んでしまった人間に今は、私は不思議なものを感じている。

離婚のことは、彼にも言っていたので、だいぶ前から彼は台湾へ渡る決心をしていた。

娘のことや私にもいろいろと配慮してくれていた。

ただ、線路沿いの店を売りに出す手続き中に事件の当事者の弟が訪ねてきたのだ。

姉が行方不明なことを気にして、もしかしたら、知っているのではないかと訪ねてきたようだった。夫は、自分にも責任があるので、海外へ行く前に必ず見つけ出すと約束したそうだ。

前から彼は興信所を使って密かに彼女の行方を調べていたようだが見つからず、私に相談してきた。もちろん、父に頼みたかったからだ。父は、あらゆる人脈を持っていたので、アンダーグラウンドな関係にも声を掛けてくれた。婿の最後の頼みを聞いてやったことになる。

そして、父親の知り合いの興信所の人間や、私が聞いて回った友人関係から、彼女の消せない足跡をたどれた。決定的だったのは、彼女が自分の家族とは縁を切っているが、年一、二回墓参りをしていたことだった。これは、私が病院関係の人から聞いたことだった。おそらく、自分のしてしまったことに対する、贖罪の気持ちからだろうか。あとは、縁を切ったものの、望郷の気持ちがあったのかもしれない。墓参りをすると思われる日の前後二、三日に焦点を当てて興信所の職員に張り込ませていると、タクシーに乗って、彼女はやってきた。ほぼ顔を隠した姿で、それなのに颯爽として、青い風が吹いていた。送られてきた写真で彼女がわかり、そこから尾行が付いて、彼女が結構有名な占い師になって生活をしているのを知った。

カメラに写された彼女は、顔はほぼ隠れて見えないものの、真っ白なスワンのように、エレガントで美しかった。

夫は見つけ出した彼女に会いに行くのをためらっていた。なぜなら、入院中何度も彼女に連絡をとろうとしたのだが、激しく拒絶されていたからだった。

「じゃあ、私が会いに行くわ」思いがけずその言葉が私の口から出た。自分でも、びっくりしたぐらいだ。夫はじっと私を見つめてから、

「お願いします」と、頭を下げた。

私はそこまで思考を巡らせていたが、四国へ渡る橋が見えてきたところで、睡魔に襲われた。

そういえば、私はろくに眠れていなかった。帰ったら、やることが山積みだ。

父を心配させるわけにもいかない。

ここで眠っておこう。私の思考はここまでだった。

4．再び、霧島かおるの家の話

「おーい！」

父がステッキを振ってこちらに叫んでいた。

「おじいちゃんが、なんか言ってるよ！」

むっちゃんが私のパーカーを引っ張った。

もう！　うるさいんだから。

父は、視力が弱くなってからでも、健脚ではあった。ステッキを持って、意外にさっさと歩いて行く。

母は、朝早く病院へ出勤していた。

彼女は看護師をしている。高知では大きな病院の総師長だった。

言ったら自慢に聞こえるかもしれないが、彼女は看護師としては完璧な人間だ。

そのために生まれたみたいな性格をしている。几帳面さは群を抜いている。

看護師の上下関係は母が高齢者になっても少しも揺るぎがないようで、知り合いの看護師さんたちは母の言うことに対して、

「師長さんの言うことに間違いはありません」と大合唱するので、私は何遍もムッとした

ことがある。

だいたいあんたたちの言う通りにしたら、世の中ちっとも面白くもなんともないんだし。

それと対照的なのが、もとおぼっちゃま性格の父で、鷹揚と言うかおおざっぱである。

帰省して3日目、昨日から、主人の実家から私の実家にやってきていた。

そうそう何回も大阪から帰省できないので、あちこち泊まり歩く。

主人は引き続き自分の実家で過ごす。基本彼は他人の家で泊まらないし、自分の実家でもあまり、親とも接触しない。自分の部屋に引きこもっている。よって、私の方が、色々と気を使わざるをえない羽目になっている。ああ、あんな男と結婚するんじゃなかったと、半分思っている。

私は、親の家にやってくるとやはり、ほっとする部分はあった。

よって、私は、父と子供二人連れて朝から散歩に出たのだ。

父が鏡川の河川敷まで車で行こうと言うので。紅葉橋公園近くに車を止めた。

少し歩くとくまさんや、パンダさんの乗り物があって、子供たちは先を争って走って行くと乗っていた。

父は子供みたいに一緒に遊んでいる。例によって、この川にクジラが泳ぎよると、言っているのが聞こえた。

「かあちゃん！　川にクジラなんておらんよね！」むっちゃんがこっちを向いて叫んだ。

「じっちゃんのほら吹き」武尊が大声で笑っていた。

私は川の流れを見つめていた。川幅は結構広いが、穏やかに真っ直ぐ流れている。こんな天気の良い日には鏡川は穏やかな表情できらきらと煌めきながら流れている。母も父とよくこの河川敷まで散歩していた

二人が散歩するコースは決まっていて、朝倉山に登るか、このあたりまで歩いて行くかの二択だ。

私は、鏡川のさわさわという静かな流れに身をゆだねながらじっとしていた。

しばらくすると、本当に遠くの方から父の呼ぶ声が聞こえてきた。

「おーい」

私が振り向くと、父がステッキを振っていた。

私は急いでそちらの方に走っていく。

父の周りを二人の子供がインディアンが獲物を捕まえた時のように、踊りながらぐるぐる回っている。

「なあに」

父は「お前の子なんやから、お前が面倒見ろ」と疲れた時に言う決まり文句が返ってきた。

「わかった」私は二人の子を父から引きはがした。

「かあちゃん！　あの橋渡ろうよ！」

彼らはすぐ前に見えている橋を指さした。

「お父さん紅葉橋渡ろうって」

彼はこっちを見てちらっと笑った。

「何よ！」

「あれは雁切橋《がんきりばし》いうんじゃ。地元のやつらならみんな知っとるよ」

父は新聞社に勤めていたのでその辺は博識だった。

彼は紺のジャージを穿いた足で地面を何度か踏みしめた。

「この辺りは、明治になるまで処刑場だった場所や」

私はうわっとばかり飛び上がった。

「なんじゃ、知らんのか」

そこは、知りたくない、と、私は思う。

「安心せい。向こう岸じゃ」父はステッキを対岸の方に向けた。

だが、今立っている近辺が処刑場だというのも、なんか不思議だった。

こんなにきらきらして、明るい場所で、堂々と人の首を飛ばしていたのか。

「有名なところだと、幕末の人斬り以蔵やな」父はうなずきながら言った。

「土佐勤皇党の岡田以蔵や。あとは、吉田東洋も勤皇党に殺されてから、この河原にさらし首になった」

彼は子供たちのあたまを撫でると、

「言っとくが、そのころはあの橋はなかったんじゃ」

彼はステッキを持ち直した。

「さあ行くか！」

私は子供たちの手を握ると父の後に続いた。そして、私は、もう一度きらきらする川の流れを見ながら、そのきらめきからか、墓参りの時の通り過ぎて行った女性の事を思い出していた。あのブレスレットはあの時見たんだと。


それは、丁度私が結婚する2年前に就職した救急病院の薬局でのことだ。だから、もう8年以上が経っている。

私は救急病院が初めての職場で、処方箋が目まぐるしく入ってきて、入院の処方と合わせると、本当に忙しそうなので、初日から茫然としていた。

在籍してる薬剤師も6人ほどで、補助の人も数えると、8人ぐらいになって、皆がばたばたしていた。分包した薬がとぐろを巻いていた。

私にできるだろうか？

今日中に辞めてしまった方が良いだろうか、と、いろんな思いが頭の中を駆け巡っていた。

そんな時、救急車の慌ただしいサイレンがまた、聞こえてきた。

「今日は先客万来やな！」

薬局の最古参のまっちゃんが、いまいましそうに薬袋を仕分けている。

私は病棟用の注射液とか、点滴のパックを調べていた。

同期で入ってきた真理ちゃんも頭部に汗をかいていた。

救急搬入口に車が入って行く気配がした。

その後、看護師たちのバタバタと走って行く姿も見受けられる。

私たちはなお一層追いつめられたような気分になっていた。特に私たち二人は新入りとして、何一つ薬局内のことを把握していないので、不安がいっぱいだった。

そのうち、古参のまっちゃんがスーパーのかごみたいなものに、点滴のパックをいっぱい詰め込んで私に手渡した。

「え?」

まっちゃんは、試すように私を見ると、

「新入り二人で、救急処置室へ持って行ってき!」と、命令してきた。

「え? 処置室?」

まっちゃんは、うるさそうに「ここを出て廊下右に折れて真っ直ぐ行くと救急搬入口やから、すぐその手前!」

私たちは二人でかごの持ち手を手分けして持つと、みしっとした重さが手に伝わってきた。

「なにもあんな言い方せんでも」と、真理ちゃんが怒ったように言った。

「そやけど、急いでいたし」私たちはバタバタと人の動きのある搬入口へ向かった。

入り口近くの開いているドアの前まで来たとき、大声で叫ぶ女の声が聞こえた。

「なんでやの」

大声でそういったようなことを叫んでいたように思う。

私と、真理ちゃんは顔を見合わせた。戸口でウロウロしていると、勢いよく扉が開いた。眼鏡の看護師が体を乗り出してきた。

そうして、私たちに気づき、

「何か用？」という風に看護師が首を傾げ、その場で私たちの手にした点滴パックに気が付いて、奪い取るように取り上げた。

「ありがとう。今取り込み中やから、あとで処方箋届けるから」看護師はそのままかごを持って中に入った。ドアは開いたままだ。

「どうしてこんなことになったんですか！」またもや甲高い女の声がして、私たちがチラッと見たのは、運び込まれたベッド2台だった。

白い布団が見えただけで、ツーンと焦げ臭いような、肉が焦げるようなにおいが漂っていた。

医師が看護師たちに次々に命令していき、それに従って皆がさわさわと動いている。

酸素吸入をしているらしく頭の方にチューブが見えた。点滴のパックがぶら下がっている。

あと、白い布団が激しく上下していて、患者が重体なんだろうなと言うことがすぐに分かった。

一度、女だろうか、頭を上げようとして、ちりちりと焼けただれた髪が見えた。

その横でギャーと言うような、大声でうずくまって泣いている女がいる。

女は、片一方のベッドに手をかけていたが、看護師たちに引きはがされるように両手をとられ、これも青ざめて横にいた老人と一緒に部屋の外へと誘導されていった。

入り口にいる私たちの前を通るときに、女は意外と若いのに気がついた。

私たちより、少し年上な感じだった。しかも妊娠している。

一緒に出ていく年配の男性が心配そうに彼女の肩に手をやった。

女は、いやというふうにその手を振り払うと、金切り声のような声で、

「どうしてこうなったの！」と、同じ言葉を繰り返していた。

看護師が出てきて、現状の説明をしていた。

その後、二人は多分親子なのだろうが、

「いったん帰ろう」と、年配の男性が言っていた。

「いや」と、彼女は抵抗していたが、彼に誘導されるまま、近くの椅子に座りこんだ。

放心したような、ぼんやりとした顔つきで、しかも大きな腹部が苦しそうだった。

私たちは、ここまでで、まっちゃんに怒られない間に帰ることにした。

後で、聞いたのは運び込まれた二人がいわゆる不倫カップルで、前の日の夜11時過ぎて玉水町のホテルに入ったそうだ。寒い日だったのでストーブをつけて寝ていたらしい。そ

のストーブの上に何かがかぶさって火がついて、熟睡していた二人が気づかずに火事になったということだった。

旅館は焼け落ちているところを見ると、二階から命からがら飛び降りた二人も、ただでは済まなかったはずだ。

何より、不倫カップルの枕元に男の方の妊娠中の妻が立ち尽くしている風景は、最悪なパターンだった。二人とも火傷の痛みと襲ってくる寒気でガタガタ震えていた。死んでもおかしくない状況だった。

妻は父親に連れられて病院を出て行き、私たちはその後、彼女を見ることはなかった。それ以後見かけたのは、紳士風の父親だけで、それも、ある程度の処置が済んだところで、彼が手配したのか、男の方だけ転院してしまった。

病院にもかん口令がしかれ、私たちも彼らのことを口に出すことはなくなっていた。後で聞いたのは、妻の実家がかなりの資産家で、いろんなところに手を回して、この事件がスキャンダルにならないように、手を尽くしたという事だった。

だから、あの時、墓参りに行った時に、あの女の姿を見なければ、もう終わってしまったことだと思い出すこともなかっただろう。

だが、緊急処置室のドアが閉まる前に私は見てしまった。

男の手が不意に隣のベッドに伸びて行き、その時、同じように女の手がこぼれるように白い布団から出てきた。そうして、微かに指先が付くかつかないかの動きを見せてから、パタッと双方の手が下に落ちた。

だが、私はその二人の手首に金色に光るものに気が付いていた。

四つ葉のクローバーのブレスレットだった。

なぜ、あの不倫カップルがそれをしていたのか、疑問だった。

私には理解しがたい。何よりあの場にそぐわない。

それと同時に私は彼らのことを、黙っているけど、忘れないと思った。

あまりにも、激しすぎる状況に私は唖然としていた。

薬局勤務初日だったこともあり、容易に忘れることはなかった。

そうして、2年後私は結婚して大阪に渡った。

その後二人の子をもうけて、年二回ぐらい父母の家を訪問していた。だから、高知県の友人にも真理ちゃん以外は会うことはなかった。

だが、人生は不思議なめぐりあわせになっている。


それは、半年ほど前の事だったが、今でも時々電話をくれる、同期の真理ちゃんからの電話だった。

「こんにちは！」

彼女は相変わらず元気そうだ。声につやがある。

「こんにちは！　おひさしぶりやなあ」私はつくづくそう言った。

「お変わりない？」そう言いながら、彼女は自分の近況とかを話してくれた。相変わらず結婚してからも、例の救急病院に勤めていて、子供も女の子一人を育てているとのことだった。

「それでね、あなたに聞いてもしょうがないんだけど、頼まれたからみんなに聞いてるの」

「へえ、何？」

「ほら、あの私たちが初出勤した時の不倫カップル。火事で大やけどした」

「覚えてるよ。衝撃的やったから」

「それがさあ、あの男の方の奥さん、私の子供が行っているバレエ教室で一緒なのよ」

「へえ、お子さんバレエやってるんだ。セレブな趣味」

「そうじゃないけど、子供がやりたがったから行かせてる。まあ、あれは金かかるわ」

「そりゃそうやろう」

「それで、親しくなったら老舗のお茶屋の奥さんで、いかにもお嬢様な方なのよ」

そうだろうとは察していた。

「あの、不倫した旦那の方が、入り婿でね。お父さんのお気に入りだったらしいの」

「それでどうしたの？」

「それがさあ、あれからもう10年あまりたつじゃん」

「そう、そんなになるか」私は時の流れに感心していた。上の子が八つになるから、そんなもんか。

「だけどさあ、あんなことして、入り婿さん、追い出されたんと違う？」

「それがねえ、奥さんの実家にとってはなくてはならない人だったみたいで、なんか許したみたいでねえ」

「はあ？」それは、予想外だ。病室ではかなり修羅場だったみたいだが。まあ、老舗のお茶屋さんなら、世間体もあったのかもしれない。だけど、婿の方が針の筵やな。

もっとも、子供が出来ていたみたいだから、そのことも関係あるのかも。

「でしょう？」彼女が大きくうなずくのが目に見える。

「私ら、ベッドで布団にくるまってるのしか見てないけど、知ってる人に聞いたら、結構いい男だったらしいのよ」

なるほど。嫁さんは手放したくないわけか。

「それがさあ、相手の女の人の方だけど、病院出て実家で2年ぐらいいてから家出したらしいんよ」

「そりゃ、おりづらかったんと違う？」私は確信を持って言った。

「それでね、最近になって、女の人の弟さんが訪ねてきたみたいなんよ。もし、知ってたらって言ってたんだけれど、あれ以来会ってないと言うとがっかりしてね。どこかで死んでるかもしれないって。だから、もし、どこかで見かけたら教えてほしいって」

私は、

「余計な事だけど、難しいと思うよ」と言った。もう子供じゃないんだから。

「分かってるわよ。あたしだって、かかわりたくはないけど、娘同士が仲良しで、古くなったバレエの服も、もらってるし。似合わないからって新品ももらったの」

はあ、おそらくそんなことだと思った。

その時、不意にあたしの頭の中でカチッと音がした気がした。

そうなんだ！　今まで何にも気にしていなかったけど、よく考えると……。

「真理ちゃん、あの二人が昔流行った四つ葉のクローバーの金のブレスレットしてたの知ってる？」

「ああ、私らが大学生の時にカップルで着けてた子いたよね。シルバーのコピーものやけど」安物はそれなりの作りで、クローバーの葉もぺらぺらだった。美しさのかけらもなかった。

彼女はしばらく考えていたが、肩をすくめた。

「そんなもの、もともと気にするタイプじゃないから、気にせえへんかった」

「24金だから、誰でもは買えなかったよ。同級生で着けてたのは、多分コピー商品だよ。たぶん、本物は1本30万以上してたはずだから」

「そんなにか！」真理ちゃんがうわっと声を出した。だいたい、そういうことには疎い女ではあった。

「そうだけど、だから純金のやつ着けてるのは珍しいんだけど、私、あのブレスレットをした女を見てるんだ」

　真理ちゃんの唾を呑みこむ音が聞こえた。

「だって、あの当時映画かなんかで、カップルの俳優が着けてたってんで、爆発的に売れた奴じゃん。誰でも、着けてたでしょう」

「あの当時はね。だけど、もう10年も経ってて着けてるやつ見ることないよ」

　私たちはしばし沈黙した。

「それで、あの二人が着けてたって？」

「まあ、偶然なんやけど。真理ちゃんと、緊急処置室へ点滴パック持って行ったやん」

「うん。あれ、お局が言ったもんね、持ってけって。重たかったわ！」思いだしたのか、恨みがましかった。

「あの二人、あそこで死ぬ可能性もあったもんね」

「まあ、そうやな。女の方が重傷やったし」

「それがさ、ドアが閉まるちょっと前に二つ並んだベッドの間から男の手が伸びてきて女のベッドに伸びて行って……」私は身振り手振りで説明した。

「意識あったかなあ」真理ちゃんは懐疑的だ。確かに声を出すでもなく静かに伸びた腕。その手首のあたりに煌めいていたブレスレット。

　そうだ。二人ともガタガタ震えていて、髪もちりちりに焼けて浴衣も焦げて肌が露出していた。ただ、男の手が女の方に伸びていったのは本当だ。しかも、そのすぐ後で静かに女の手が伸びていた。本当に、指が触れそうなぐらいだったのだが。二人のその手首にブレスレットが煌めいていた。

「あれから、10年だよ。ありえるかなあ」真理ちゃんは正論を言う。

「とんでもない事件だったし。周りが封印してるのに、後引きずる行動するかなあ」

「そうだよね、」

私は。少しほっとした気分になって「ありえないよね」と、言った。

そうだ、その方がもっといい。私ごときが変な勘繰りはよそう。

二人とも、お気楽だから他人のことが分からない。

「まあそれはいいとして、かおるは高知にいないじゃん。どこで見たの？　まさか、大阪？」

「いや、高知でだよ」

「だって、年に春分と秋分の墓参りにぐらいしか帰らないじゃん」

「ピンポン！　それだよ」

真理ちゃんがしばらく考えていた。

「墓って、あんたんちの墓？」

「そう、愛宕山にあるんだけど、帰った時には必ず行くんだ」

「へ。そんなに信心深かったかな？」

「そういう意味じゃなく。春分の日は、普通、墓参りに行くやろ」

「まあ、一般的にね」

真理ちゃんは、相変わらずのんびりした口調だった。

「て、ことは、墓参りに女の方が来てたってこと？」

「じゃないかなって、さっき思ったんだけど」私もここら辺はあてずっぽうだった。

「その人、顔をストールで隠して、サングラスしてたから」

「でも、そのお茶屋の奥さん、相手の女のことは知ってるのかな？」

「それが、彼女のお父さん、つまり社長だけどね、彼女には徹底してあいつは悪い女に騙されたんだって言ってたらしい」

「そりゃそう言うわな」父親の身になってみれば、そうだろう。そう言うしかない。

「彼女も事件当時妊娠中だったし、父親の話を真に受けてたみたいよ」

「じゃあそれでいいじゃん」そう思わせておけば。

「そのままいけばね」真理ちゃんはあーあと、言った。

「それまで、全く波風立たずに上手くいってたらしいから」

大店に婿養子で入った男に選択肢がないのは確かだ。

ましてや、大事件引き起こしての、2年以上入院しての、現状復帰は私だったら、離縁してもらった方が、気が楽だ。

「波風立たずにったって、すでに立ってるのに、その男も良くやってたと思うよ」

「なんだよね」真理ちゃんは考えるような物言いだった。「でも、帰ってきてから、あの男のおかげで店の経営状態は良くなったって言ってた」

「すぐ離婚できなかったんだろうね。きっと。私だったら、逃げ出してるし。そう、思うわ」

私は、そう言いながら主人と一緒に行った墓参りの情景を思い返していた。

お墓が通路から一番奥だったので、水汲みに行くのも、他人の墓の前を通って行かなければならず、ごみは管理人室の所まで上がらないといけなかった。

私が水を汲みに行っていると、通路を下から上がってくる一人の女と出くわした。

急な坂道をゆっくりと歩いてくるのだが、彼女の周りだけ、静かに風が吹いているように見えた。それは、彼女が全身白っぽいパンツスタイルで、つば広のベージュの帽子をかぶって真っ黒な大きめのサングラスと、セミの羽のように透けるストールを顔がかくれるぐらいに巻いていたことだった。

顔の輪郭がわからないように巻き付けているのだが、本当に上質の薄いシフォンのストールだったので、かえって彼女が美しく見えた。

仕立ての良いパンツスタイルの立ち姿も、決まっていた。

私は一瞬彼女に見とれていたと思うが、彼女の顔がこっちを向いているように見えたので、慌てて下を向いて、柄杓をさわってみせた。

私たちは、墓地で出会った人たちのように、少し会釈して通り過ぎた。ただ、下向いたときに、彼女の花束を持った手元から、金色のブレスレットが揺れているのが見えた。

少し垂れた先に、金色の四つ葉のクローバーが光っていた。

それだけのことだった。

たったそれだけの風景で、私はいらんことを考えてしまう。

ただ、金のブレスレットもそうだが、つば広の帽子と、黒いサングラス、それに顔に巻いたストールが、私に火事の事を連想させてしまっていた。

美しい人なのに、顔に火傷の跡のある彼女。

私は、実際には彼女と話もしていないのだが、なぜか悲痛な感情になってしまう。

あれは、関係ない人だ、私の思い過ごしだと、その時はそう思っていた。

彼女と直接話出来たのは、多分薬局長だろうが、あいにく彼女はすこぶる付きで口が堅かった。

私と真理ちゃんは下っ端中の下っ端なので、ごらんのとおり口が軽い。

「ごめんね。役に立たなくて」

「ううん」真理ちゃんは落ち着いた声で言った。

「その、ブレスレットの女の事、言ってもいいのかなあ」

「いいけど、彼女にとったら気い悪くない？」

「そうやなあ」真理ちゃんも考えているようだった。

「なんか、10年も経って相手の女の行方なんてもうええんちゃう？」

「そやなあ」

「10年も経って行方不明なら、死んでるってこともあるし」

「なんなん？　驚かさんといてや」

私は電話口で笑った。

「真理さん、人間は知らん方が良いことってたんとあるで」

「そやなあ。考えとくわ」かなりためらっていた。

「ただね。もしあたしのいう事が間違ってないとしたら、相手の女の実家の墓が実際あそこにあるかどうかだよね」私は思いついた事を言った。「他人の墓には行かんやろから」

「かおるちゃん、良いとこに目つけるなあ」真理ちゃんがうなるように言った。

でも、真理ちゃんとは、この話で終わりやった。それから、何の電話もなかった。


「かあちゃん！　遅いで！」

武尊が橋の上から叫んでいる。

私は父の後ろを追いながら、橋の上に登って行った。この橋を渡って、護岸の道を市内方向へ歩いて行くと、すぐに彼らが火災を起こした玉水新地へ着く。

焼けた旅館は居酒屋になってるそうだが、昔からの遊郭もいくつか残っているところだ。

そこから左に曲がって電車道に出ると、例のお茶屋さんがあった道路沿いに出る。

どの地点も、本当に目と鼻の先だった。

高知の街は、そんなに遠く離れてはいない。

皆が肩を寄せ合って生きているような気がする。

この10年が私たちの生活を大きく変えていった。

しかも、それぞれに別の道を歩んでいる。

私は、行方不明になった女の人が、なんとか生きていてくれるといいな、と、思っている。

ただ、そう思うのは、多分生きていないんじゃないかと思っているからだ。

どう考えても、いなくなった彼女に明るい未来は考えにくかった。

私は橋の上ではしゃいでいる子供たちに手を振った。

5．姉ちゃんのいなくなった朝

姉が家を出て、もう5年あまりたつ。あの事件の後、姉は駅前の救急病院で2年余りも入院していた。右側の顔半分と、背中や腕、足など、いたるところにもとは美しかった皮膚が引き攣れて醜くなっているのを見るのは、身内としては辛かった。

両親にとっては自慢の娘だった。

高知の中高一貫教育の学校を首席で卒業し、東京の国立大学に通っていた。

就職も東京で決まっていたものを、両親が無理に高知へ連れ戻して、自宅近くの病院の受付事務に就職していた。姉は公務員を目指していたようだが。父母はそれよりも早く結婚してほしかったようである。姉は、思っていることはいっぱいあったと思うが、親にたいして逆らいもせず、毎日真面目に通勤していた。

反対に、僕はさほどの成績でもなく、県下でもまあまあ中ぐらいの公立高校に通い、遊び歩いてばかりいたので、東京のそれほど有名でもない私立の大学にやっとの成績で入れたぐらいだ。大学でもそれほど熱心には勉強もせず、なんとかびりに近い成績で卒業して、親の知り合いの会社の営業マンとして入社した。

両親は僕にはさほど期待もしていなかったようだが、姉にはかなり口やかましかった。

言われたことはきちっとできる姉に、過剰に期待していたのかもしれない。それが、今となっては、彼女の重荷になっていたのではないかと思うと、姉にもう少し違った接し方をしてあげた方が良かったのではないかというのが、悔やまれる。

僕は、姉の役に立ってあげたことがあっただろうか？

逆に、姉は僕には緩いぐらいに優しく接してくれていた。

姉が親切に声をかけてくれていると、親切ごかしにと、根性のひねくれた僕はまともに返事しなかったのを今となっては悔やんでいる。

特に公務員だった父は、皆は何も言わなかったものの、謹厳実直なイメージに傷が付いたと思ったのか、姉を見ると、身体中震わせて怒っていた。よくあんなに怒れるなあと思ったぐらいだ。僕が止めに入ると、今度は僕にも怒りを爆発させていた。

あの事件の後、両親は押し黙ってしまい、世間様に顔向けができないとか言って姉にくどくど言っていた。だから、次第に、姉は部屋に引きこもるようになってしまった。

僕は、世間様って何なんだと思っていた。

2年ほど入院して、帰った姉に対する、両親の態度は、子供の僕でも納得できなかった。

姉ちゃんは、それほど恥ずかしいことをしたのか？

姉ちゃんのどこがいけないのか？

二言目に、両親はあちらの親御さんに顔向けできないと、言っていたが、どんなもんなのだろう。

あまり世間を知らない、姉のような女をたぶらかしているのはあっちの方じゃないのだろうか？

僕は帰ってきた姉ちゃんが、顔にスカーフを巻いて、サングラスをしている姿を遠くからしか見ることが出来なかった。

姉ちゃんの前に出たら、泣き出しそうだった。そうしたら、ますます彼女を悲しませることになるだろう。

最初は一緒に食事しようとしたみたいだが、父親が余計なことを言って、それからは下にも下りてこなくなった。

僕は、母親が姉ちゃんの食事を運ぶのをじっと見ていた。仕事があるので、朝早く出ていたけど、姉ちゃんの部屋の前で、

「姉ちゃん、行ってきます」と、声をかけるようにした。返事はなかったけど、玄関を出て外に出ると、窓際で姉ちゃんがこっちを見て手を振っていた。それから、毎日姉ちゃんは窓際で手を振ってくれていた。親父や母ちゃんには言わなかった。

遠くで見ると、やっぱり姉ちゃんは昔のままで、きれいだった。自慢の姉だった。

そのうちに僕にも彼女が出来て、そうして結婚話も出た頃、僕は彼女の家族にも姉ちゃんのことは話すつもりではいた。

それがずるずる長引いているうちに、両親が姉ちゃんのことは言うなと言ってきた。

もちろん結婚したら、姉ちゃんのことはばれてしまうだろう。

だけど、それで婚約破棄なら僕はそれもしょうがないと思っていた。

姉ちゃんのことを承知してもらわなければ、うちの家族としては今後の付き合いも難しいだろう。

今誤魔化してあとでばれて気まずい思いするよりも、今話してしまった方が良い気がしていた。

そう、父と母をまず説得するつもりだった。

そう言う話が進んでいることを姉は察知していたのだろう。あるいは、親が言ったのだろうか？

ある朝起きたら、もう姉はいなかった。

僕は、何故かあの朝5時半に目が覚めた。なぜだかわからない。ただ、自然に目が覚めたのだ。水色のパジャマ姿のまま、僕はベッドから起き上がり両手を思い切り上に伸ばすと、あーあという声と共に、ベッドをぬけだした。

爽やかな気分だった。姉の部屋の前で、いつも通り小さい声でおはよう！　と、言った。

それから、下へ下りて行く。

その朝は、日の光が真っ白く部屋の中に差し込んでいて、窓際のレースのカーテンが信じられないくらい鮮やかに光って見えた。

僕は、朝一番に起きたことに満足して、窓際に寄り添うと、庭のみどりの木々を眺めた。

母は、庭を綺麗に手入れしていた。

静かな人で、姉のことも心を痛めていたようだが、そっと見守ることに決めていたようだ。

ただ、退院してから一年が過ぎ、月日が経っていくのに、姉さんが引きこもったまま動けなくなっているのは、ある意味家族にとっても重荷になってきていた。

このまま10年20年と過ぎてゆくのか、それを思うと正直息苦しくなってきていた。

姉ちゃんもこの状態を何とかしなくてはと、思っていたはずだ。

ただ、父親の拒絶反応が大きかったのと、それに母や僕も本当はこういう時、なんて言って良いかわからなかったのだ。

そう、事件があまりにも生々しすぎて、姉ちゃんがやったこととは思えなかった。

何と言って良いかもわからなかった。

しかも当事者同士の親族とも、父親が一回会ったぐらいで、それ以後は何の話し合いもせずに、どちらもがなかったことにしようとしていた。

たしかに、こういう時の一番の特効薬は時の流れだろう。

とにかく、なるべく口に出さず、それと共に、双方も今までの生活を継続したまま、じっと我慢するしかなかった。

ただ、年寄りならともかく、ある程度の若さのある人間には、時の止まってしまったような、流れはいつまで我慢できるか、保証の限りではなかった。

僕は、婚約者の希恵ちゃんには少し姉のことを話していた。

彼女は、長いまつ毛の目で僕をじっと見つめると、

「いいじゃん。姉ちゃん、かっこいいよ！」という、反応だった。

全く、気にしてなさそうだったが、それでも、親はそういうわけにはいかないだろう。

でも、僕は出来る限りは真実を話して、姉ちゃんを守ってやりたかった。

そして、その時、明るい日差しが差し込む部屋の中で、僕は、白いテーブルの上にピンクの紙切れがあるのに気が付いた。

そのピンクの薄い紙きれは、本当に繊細なレースのようで、その上を、ガラスの犬の置物が乗っていた。青いインクの文字だった。

「お父さん、お母さん、かず君へ
今まで、ありがとうございました。私は、これから自分で生きてゆこうと思います。

もう大人なので、探さないで下さい。私は大丈夫です。

かずくん、お父さんと、お母さんをよろしく」

僕は、文章を見て、慌てて玄関に向かった。

いつ出て行ったのか、どうするつもりなのか、全く思い当たらなかった。

靴を履いて、玄関を開け、その後、家の前の道路に出ると、姉ちゃんが歩いてないか探してみた。そのあたりをやみくもに走ってみた。道路沿いの小石が靴にあたって跳ね返った。

ただ、外の道路は朝の静かな空気に満ち満ちていて、人影もなかった。

姉ちゃんは多分早朝に出たのではないだろうか？　深夜ではない気がする。

僕の勘では、多分もうこのあたりにはいないような気がしていた。

姉ちゃんは、大阪とか、東京とか大都会へ消えるつもりだと思う。

僕が姉ちゃんだとしたら、多分そうしたと思う。

大都会に埋没するしか、生きていくすべがない。

ただ、出来る事なら、知り合いがいてほしかった。

彼女のような人間が、そんなに簡単に身を隠せるだろうか？

ここに至って、僕は姉ちゃんに火傷の傷があるのを気の毒に思った。

あれさえなければ、何処にだって勤められただろう。

そこまで考えて、自分がパジャマのままの姿なのに気が付いた。

僕は、家に戻りながら、もう引き留めることが出来ないのを感じていた。

それと同時に姉ちゃんが意を決して出て行ったことに、少し賛同していた。

そうなんだ。

そのままいたって、先に進めない。田舎で皆の好奇の視線にさらされるよりも、都会の片隅でひっそりと暮らした方が、どんなにか良いだろう。

父は守っているようで、世間体ばかりを気にしていた。母はそんな父に反対もしなかった。そして僕は姉に無関心だった。

多分、僕の縁談がきっかけだと思う。

父母がよく相談していたから。

姉ちゃんが出て行ってから、僕はいろいろ考えるようになった。

姉ちゃんの相手の男についても、出来る限りは調べてみたが、なぜか、影のような男だった。

そのままになっていた。

電車道沿いにある、お茶屋をやっていた店舗は、今は「移転しました」の張り紙があるのみで、古ぼけた引き戸も鍵がかかっていた。ただ、売りに出すふうでもなかったので、そのままになっていた。

「移転しました」の張り紙の住所に行ってみたことがあるが、バイクで延々2時間近くかかるただの田舎の大きな家の前に着いただけだった。

それでも、近くの木陰でしばらく様子を見ていると、気難しそうな年配の男が出てきたが、それっきり人の出入りはなかった。家自体は、敷地だけで1000坪ぐらいは軽くありそうだった。

僕も仕事の合間に行ったので、長い時間は見ていなかったのだが、一日中張り込んでもあまり成果はなかったと思う。

多分、人の出入りのない家なんだろう。

老舗のお茶屋の場合、販路も決まっているだろうし、卸のような仕事なら、あの家の敷地内か、またはどっかに倉庫ももっているだろう。

そうなってくると、調べるのは難しい。

姉ちゃんの相手の男を知りたいだけだが、あの家の入り婿だったという不確かな情報と、人によっては離縁されたとか、錯綜した情報しかない。とにかく、もともと、社長のあの年配の男の秘書のようなポジションなので、誰も気にも留めていない。

おそらく、僕にしたって、もうあの男が大きな屋敷内にいるとは、思っていなかった。

病院を出て、すぐに離婚しただろう。

そうして、男は行方をくらましてしまった。

願わくは、まさかだけれど、姉ちゃんと一緒ってのだけは、やめてほしかった。

姉も馬鹿ではない。そう思いたい。

以上が僕の調べたことだったが、それから5年ぐらいはなんの動きもなかった。

姉ちゃんは、杳として行方が知れなかった。

その間に僕はうまく希恵の両親とも仲良くなり、やがては結婚式もあげた。

父と母は大喜びだった。

希恵は、少しやんちゃなところもあるが、気のいい女性だった。

僕は彼女に救われたようなところは、たくさんあった。

まず、姉ちゃんのことは悪くは言わなかった。

相手のご両親にも漠然としたことは言っておいた。

僕たちは、いろいろあったけど、晴れて結婚できた。両親は少しほっとしたようにも見えた。

だいぶ後で姉を大阪で見たと言う人がいた。その人が母に連絡してくれたのだ。母は涙を流して喜んでいた。そのころには、姉に厳しかった父も、反省したのか軟化していた。

父母が僕に頼むので、ネットで調べてだいたいの目安をつけて希恵と二人で順番に当たって行った。2月に一回ぐらいは、大阪市内にも出てみた。だいたいここだろうとわかったところで、従業員宿舎に行ってみたが、以前勤めていたようだが、辞めてすでに2年が経っていた。

ただ、姉ちゃんが真面目に働いていたという痕跡が見つかって、僕や父母はほっとしていた。

また、何年かしたら、そういう噂が聞こえるかもしれないという微かな希望もあった。

何にしろ、彼女の元気な様子を従業員の何人かに聞くことが出来たのは、幸いだった。

「あの子はね、真面目で仕事もきちっとやっていたよ」と年配の人が言った。

「余り話はせんかったけど、人の話はにこにこして聞いとったよ」と、40歳ぐらいの女性。

「それに、将来の事はよく考えていたみたいやよ」少し若い子がそう言った。

「ここにいるのは、楽しいけど身内がいないから、先の事が心配やって言ってた」

身内がいないから……。姉ちゃんは、もう高知へ帰ることは捨てていたのだろう。

死ぬまで、大阪で暮らすつもりだったのかもしれない。それはそれでいい。

だけど、僕は、彼女を見つけて、せめて気楽に実家へ帰ることが出来るようにしてあげたかった。

そうこうしているうちに、僕は出先機関へ行く途中で、例の張り紙をしている店が開いているのを、偶然見つけた。姉が家を出て、5年目ぐらいだった。

僕はバイクを降りると、道路沿いにそれを止めた。

そうして、店の前を何気なく通っていくと、急に店から出てくる男とでくわした。

本当に、ぶつかるほど至近距離だった。

とっさのことで。すみませんと、お互い小声で言った。

そのとき、チラッとお互いを見たのだが、僕にはすぐにこれが姉ちゃんの彼氏だと気が付いた。本能的な勘だ。

男は、あくまでも僕の目を見なかった。

というか、他人と目を合わせないタイプだろう。

浅黒く引き締まった体に、品のいい顔立ち。なにより、意外に若かった。

不倫と言うと、中年のおじさんを連想させるが、姉ちゃんとそんなに年は違わなさそうだった。

お茶屋の若主人と言っても通るような、女性客には特に好かれそうな男だった。

姉ちゃんは、俳優でもアイドルでも、この手の男が好みだ。

つうか、女性は満遍なく好きだろう。

僕はそしらぬ顔をしてそのまま通り過ぎようとした。

男は店舗横の駐車場に向かっていこうとしていて、不意に立ち止まり、こちらに向かって二、三歩歩いてきた。

僕は背筋に冷たいものを感じた。

何でこっちへ向かってくるのだ。

僕は男の視線を背中に感じながら、ゆっくりと真っ直ぐに歩いた。

まるで、声でも掛けそうな勢いだったが、おもいとどまったのか男はそのまま僕の背中をじっと眺めていた。

彼の視線がレーザー光線のように、背中につきささる。

僕は、道端に止めたバイクが気になったが、そのまま真っ直ぐ歩かざるをえなかった。

かなり遠くになっても、男がこっちを見ているのが分かった。

何で、じっと見ているのだろう。

泥棒か何かに間違えたのだろうか？

6．再び、清美の話

彼女が帰ってから、急に四国でのことが蘇ってきた。

それは、津波に襲われたような、奇妙な感覚だった。私の中で、封印してきた過去がフラッシュバックしてきた、瞬間だった。

思えば、この10年が、あっという間だったのだ。まるで、ジェットコースターにでも乗っているような、不思議な感覚だった。

そうなんだ、私は自分の過去を消したいと思って、大阪に出た。

今、ここにいることでそれに成功していたのだ。

あの事件の後、2年余りも入院していて、その後2年ぐらい実家にいて、その後四国を離れた。

大阪で、安いビジネスホテルに泊まりながら、仕事を探した。

サービス業とかは、もちろん顔の火傷跡を考えると出来ない。

こうなって初めて、綺麗な顔がいかに大事だったか思い知ることになった。

結果、白い帽子とマスクで顔が見えない食品工場に焦点を合わせた。

面接の人は、国立大を出ているし、教職も持っている私が、顔の火傷で安い賃金の仕事しか出来ないのを気の毒がったが、とりあえず従業員宿舎に入れるのが私にとっては幸運だった。

それに、周りの人たちは結構気を使っていてくれた。

何の家具もないがらんとしたイグサの毛羽だった薄汚れた畳3畳ほどの部屋に入った時に、私は正直助かったと思った。

何もないけど、とりあえず寝ることが出来る。

家賃はただだ。

壁は沁みだらけだし、畳もこれ以上茶色くなれないと言うほど薄茶色っぽかったがそれでも綺麗に掃除されてはいた。

賄い付きなのでキッチンはなく、トイレも共用だった。

それでも、この部屋が手に入ったのが嬉しかった。

とりあえず、雨露がしのげるとは、このことだ。

ある程度お金が溜まれば、ここを出て借家に住むことも出来る。

そうこうしていると、さっそく隣の部屋の子がのぞきに来た。

「っす」それだけだ。そばかすだらけで、小太りの女の子だった。あとで、アイちゃんと言う子だと知った。

どうせ、噂話のネタを仕込みに来たに決まっている。

私は、無口でおとなしい人を演出することに決めた。

この考えは、悪くはなかった。

一週間で、二、三人ほど知り合いが出来た。

とりあえず、自分の手でつかみ取った最初の成果だ。

私は、さっそく布団一式を寮母さんに借りて暮らし始めた。

朝9時から夕方5時ごろまでの仕事だ。

夕方のサイレンが鳴ったら、仕事はおしまいだった。

簡単な仕事で、ほぼ商品の検品なのだが、これが大変な仕事だった。商品も100種類以上あった。

視力が完璧に奪われていく。

検品だけではなく、最後の袋詰めもラベル貼りも仕事だった。

私は、ベテランさんの5分の1も出来ない。

大学生活以外、出たことのない高知を出て、自分の金で暮らしていくという、当たり前のことがこんなに難しいとは思わなかった。

家を飛び出して、不安でいっぱいの私だったが、工場に来てから、あまり他人の目を気にすることが少なくなってきていた。

多分、帽子とマスクでほぼ顔をさらすことがなかったのも、良かったと思う。しかも、仕事先が同じ敷地内だから、自室に入ってしまえば、顔を隠す必要もなかった。

皆も、私の顔のひきつれには気が付いていたが、あえて何も言ってこなかった。

まあ、言われても、子供の時に火傷したとか、言うしかないんだけど。

私は、半年ぐらいは、仕事に慣れるのに必死だった。

悪い仕事場ではなく、みんなと仲良くも出来ていた。

そして、工場には、社員のために、広い休憩室があった。

テーブルと、椅子や、冷蔵庫もあったので、皆勝手に昼食や、おやつを食べたりもしていた。

あと、卓球台も置いていた。若い男女がきゃあきゃあと、やっていた。

広い休憩室の隅に、小さな会議室もあって、従業員が自主的に会議したり、おけいこ事の先生を雇って、週一回のレッスンをしたりしていた。

私も、皆に教えてもらってフラワーアートの教室に通っていた。が、それよりも、古参のきくさんが私に占いを教えてくれて、その方が楽しかった。キクさんは古参の従業員だが、多分工場長よりみんなの事をよく知っていた。何より、信頼も厚かった。

工場に慣れた頃、休憩室の本棚から小説を選んでいた私の後ろに立っていて、声をかけてくれたのがキクさんだった。それまでにも遠くからこちらを見つめる目があるのに気づいていた。最初は厨房の手伝いをしている人たちかな、と、思っていた。そのうち、静かに私の様子を見ている彼女に気づいたのだ。彼女は声をかけることもなく、穏やかな視線で私を見ていた。私からは、彼女に会釈する程度で、声をかけたりしたこともなかった。

彼女は工場の仕事を長年やっていたが、それと同時に占いの仕事もしていた。

キクさんの占いは、四柱推命を勉強していたのもあるけど、手相とか、骨相学にも造詣が深くて仲間からはかなり信頼されていた。

彼女は、私が大学を出ているのに、顔に火傷跡があってひっそりと暮らしているのを、多分気の毒に思っていたんだと思う。工場長さんと、奥さんから、何か聞いていたのかもしれない。

「小林さんやね」キクさんが後ろから声をかけた時には、飛び上がるほど驚いた。まず私に声をかけてくる人がいなかったからだ。付き合いの悪い奴だと言うのが私の評判だったろうから、誰も声をかけてこなかった。朝ごはんも、昼も夜も私は食堂からトレイを借りて、自室で食べていた。

驚いて振り返った私に彼女は静かに笑いかけた。

「占いの勉強してみる気ないかい？」彼女は単刀直入に言った。

私はまじまじと彼女を見つめ、それから首を傾げた。

「私に出来るでしょうか？」暫く考えて私は彼女に問いかけた。

彼女は首を縦に振った。私は本を2冊選ぶと、

「考えてみます」と返事して、立ち去ろうとした。

その時「無理には勧めないけど」と、彼女は言った。

「でも、あんた、素質あると思う」

その時は、黙って立ち去った。だが、その後その時のことが頭を離れなくなった。

自分が占いに向いていると言われたことより、自分に変化を求めていたのかもしれない。

2週間足らずで、私は彼女の手ほどきを受けることに決心した。

キクさんは、他の子にも教えていたが、「あの子たちはだめね」と、いつも言っていた。

そう、自分のことを見てほしい人間には占い師は出来ない。

その時点で、多分、雑念が入るからだと思う。自分の恋愛に右往左往している間は、その世界からは遠い。

それは、自分に直接関係のある人間は占えないと言う事にも通じる。

自分と何らかのつながりがあることで、かなり日和見的な雑念が入って、占えなくなってしまうのだと思う。

他の若い子は彼氏が欲しくて占ってもらっていた。なので、彼氏ができると、すぐに来なくなっていたりしたが、私は、本気で彼女に教えてもらっていた。

彼女は、1件3000円ぐらいで見立てていたが、私には、とりあえず見れる人の手相は出来るだけただで見るように教えていた。少なくとも、2000人ぐらい占った後でなければ、お金はとるなと。

数をこなすのがどれほど大事かは、後で実感したことだ。

キクさんは、5000人以上みているそうで、独特の話術はその時に自分で習得したものらしい。

「あのね、本物になりたかったら、まず、大勢の人の手相とか、骨相とか、見てみるもんだよ」

「私がただで見たら、営業妨害になりませんか？」と、ある時とんでもない事を言ってしまったら、

「馬鹿だね。あんたの所へ行くやつは、必ず私の所へもう一度来るから」と、言った。

そんなものなのかと思った。

確かに、私が見た子は、本当に心配事があると、もう一度キクさんのところへ行っていたようだ。つまり、私はお試しってことだった。

占いは、やはり経験値がその信頼性を左右するようだ。

もう一つ、原則として、芸術家とかと一緒で、持って生まれた才能が支配する世界でもある。

キクさんが言っていたけど、占い師に向いている子は、1万人に一人もいないそうだ。

「その点、あんたは向いてるよ」彼女はずばっとそう言った。

「なんでですか？」

「よくは、わからないけど、あんたは何かを捨ててきているから」

その言葉に私は、雷が落ちてきたような衝撃を受けた。

そんなことがわかるのだろうか？　キクさんは見透かすような視線で私を見た。

「あんたには、思っている以上に深い闇が見える」

「そうですか」私の手は少し震えていた。もう少しであの事件のことをしゃべりそうになったが、それを察知したのか、

「そうだね。言わなくていいよ」彼女は少し困ったような顔になった。

「言われても、私にはどうしようもないことだから」彼女はそれから私の震える手を両手で包み込んだ。しわの多い、苦労した人の手だったが、温かかった。

「あんたは、きっと他人とは全く違った人生を歩むだろう」

彼女は予言のように言った。

「私にはそこから助け出すことはできないよ。でも、あんたは違った世界で暮らしていける人みたいだ」

私について、彼女が何か言ったのは、その時だけだった。

「ただ、占いをこれからも勉強するといいと思う。きっとあんたの身を助けることになるよ」

彼女の言った、予言のような言葉を信じて、というか、それによって私は今後の自分がどうするかを漠然と考え始めていた。

工場の仕事は、嫌じゃないし、友達も出来た。ずっと居たいと思ったら、居ることは出来る。

ただ、その先が見えてしまう。

その日以降、私はアートフラワーの教室を辞めて、その月謝分を彼女に払うという契約で、マンツーマンのレッスンを彼女にしてもらった。

それは、ほぼ2年半近く続いた。

時には、彼女の助手と言う名目で、たのまれた占いの席に同席させてもらった。

彼女に付き添って個人宅を訪ね、同席することは、多分個人レッスンよりはるかに実りのあることだったと、今思う。

人間は千差万別、100人いたら100通りだが、それを分類することは、可能だった。

見ているうちに、彼女が言った通り、パターン化されたそれぞれの生き方があった。

それが分かってくるというのは、素晴らしいことに違いない。

私たちが、生きている人間を励ますことが出来るのは、昔からの研究による占いの基本があるからだ。

ただ、良い方向に導けるというのは嘘だ。

人間は、最終決断は自分でするからだ。

占い師の所に来たときは、もう気持ちも決まっていることが多い。それを後押ししてもらいたくて来ているような気がする。

私は、あれッというような本人の行動にも何回も出くわしている。

あれほど言ったのに、と思うこともある。だが、それが人間なのだ。

しかも私は自分の事は占えない。身内のことも、全然見えてこない。

多分関係のあった人のことは、雑念が入るのか、ぼんやりとして、私も途中で断念していた。

いや、それは嘘だ。

占おうとも思っていなかった。

私は、自分も過去も、それにかかわることも、すべて知りたくなかったのだ。

占いさえしなかった。何も知りたくないのだ。

家を出て以降、昔の人々とは、連絡を完全に遮断してしまっていた。

彼らの私に対する誹謗中傷や、これ見よがしな無視の中で、私は自殺寸前まで追い込まれていた。あの時、出てしまわなければ、多分どこか知らない場所で死んでいただろう。

死ぬ前に、大阪に出たのは、私の生きていく希望のなせる業だろう。

どこかで生きていたいという思いがあったのだと思う。

というか、四国をやっとの思いで通り過ぎた時、私の中で、プチッという音がして、解き放たれた感情が一気に噴出してきた。

瀬戸内海の海を見ながら、涙がとめどなく落ちてきた。

静かに凪いで、穏やかな何度も見た光景がなんで泣けてくるのか、その時の私にはわからなかった。

ただ、死ぬことばかり考えていた、その最後に、行きついた最後の答えがこの涙だった。

島が点在して、米粒ほどに漁船が見えたこと。海が予想以上に蒼くて輝いていたこと。

隣の人が、気を使って黙ってくれていたこと。

その一つ一つをしっかり覚えている。

大阪駅に着くまで静かに涙を流していた私を、今、少し懐かしく思う。

あの時、私は駅前のインフォメーションで安いビジネスホテルを紹介してもらい、そこで一週間ほど過ごしたと思う。

ハローワークへも日参し、求人広告も首っ引きで調べた。

色々な制約があるものの、私にも出来るかもしれない仕事が二、三あった。

今の会社は、最初に面接して、もうその場で決めてしまった。

とりあえずの、住むところがあったからだ。手持ちの金が底をついたのもあった。

一刻の猶予もなかったのもあるし、心理的にももう限界だった。


この時の選択は、今思えば、良かったのだと思う。そう思いたい。

私はとりあえず、お給料をもらって、宿舎に住んで、そして少しだけど貯金も出来たし、友達も出来た。

このままここで定年まで働くと言う図式も私は、数年たつまでは考えていた。

保険もあるし、それに何より、大阪の中小企業が多いこの町に、不思議な安心感も持ち始めていた。

もしかしたら、それは大阪に限らず、生まれ育った町でないという事かもしれない。

私のことを知らない人々の中でうずもれて生きてく、その解放感が、親や身内に守られて暮らしていた時よりも、私が心身に受けた傷跡を癒してくれた。

少なくとも、私は打たれ強くなっていった。

あとは、職場の人間関係が、そこそこうまくいっていたことかもしれない。

皆、仕事の他は、自分のやりたい事をやったり、好き勝手にしていた。

私が引きこもり勝ちなのを知ると、とりたてて口出しはしなかった。

私は、休みの日は、少しスーパーへおやつなんかを買いに行く他は、外に出なかった。

部屋の中も、布団がたたんで置いてあるだけで、室内は、好きなグリーンのカーテンを買ったぐらいで何もなかった。この工場のいらなくなった段ボールに100均で買った包装紙を貼って、衣装箱にしていた。あと一つ小さめの段ボール箱を部屋の真ん中に置いていたが、その上に厨房で借りたトレイを置いて、食事をしていた。

休憩室の片隅に本棚があって、みんなが読み終わった本が並べてあった。

誰でも部屋に持って行って読めるので、私はいつも二、三冊拝借していた。

数ヶ月前の雑誌ももらっていた。

工場の窓からは、いつも何らかの音がする。私は寒くない時は、いつも窓を少し開けていた。

前の道を行き来する、人々の声とか、通過する車の物音。

ずっと向こうの電車の通過音も聞こえてくる。

それらの生活音が、私の胸に素直にしみ込んできた。

夕方近くなると、近くのお店か、または住宅街からか、美味しそうな匂いが漂ってくることがある。人々の気配がふんわりと私を包んでくれるような気がしていた。

夕暮れの喧騒と、空の落ちてゆく陽の光、それらが混ざって私の胸はつーんとした不思議な感情に覆われた。

工場の一部屋で、私は布団にくるまれて繭の中の蚕のように眠った。

蚕が生糸を紡ぎだすように私は、疲れ果てた自分をこの2年ぐらいで修復していったのだと思う。

朝、早朝に起きると、誰もいないのを見計らって、工場の敷地から外へ出てみる。

刺すような寒さでも、私はここへ来た時荷物で持ってきたぺらぺらに薄いスプリングコートを着て、そのあたりを徘徊してみる。

これは、自分ながら結構気に入っていた。

本当に人目のない、大きな通りへ出て、線路の高架の下をくぐると、自分が異邦人になった気がする。どこの誰とも判らぬ人々が住んでいる迷宮のようなこの町に迷い込んだ異邦人だ。

ここで野垂れ死にしても誰もなんとも思わないだろう。

そう思って、ときどき彷徨い歩いていると、そのうち朝日が街の住宅街や工場の煙突の上に昇ってくるのを見るのが楽しくなってきた。

私のような、闇を秘めた人間は、普通の人間が歩かない時刻に、白いスプリングコートを羽織ってさまよい歩くのが妥当なような気がしている。

私は、その日の気分で、あちこちの曲がり角を曲がって、明るくなりかけた住宅街をゆらゆらと歩いていた。

そんなある日、歩いていると、私は朝帰りの雪ちゃんとばったりと出会ってしまった。

彼女は、工場の寮の入り口付近で、うろうろしていたのだ。長い髪をゆらゆらさせながら、ゆっくりとした歩調で歩いていた。

そして、帰ってきた私とばったりと会うと、いきなり飛びついてきた。

かなり酔っぱらっているようで、足元もおぼつかない歩き方をしていた。

私は彼女を抱きとめると、

「どうしたの？　朝帰り？」と、聞いた。

「しい！」彼女は人差し指を唇に当てた。酒臭い匂いがする。

「寮長さんに言わないでね！」

「分かったから、中に入ろうよ」

「清美さん、どこ行ってたの？」

「散歩！　コンビニ」

「そうか」と言いながら彼女はずるずると倒れかけた。

「雪ちゃん、ちゃんと歩いてよ」私は彼女の重みを感じながら寮の入り口から中へ入った。

ううっと、いうようなうめき声を上げながら彼女は私にしがみついてきた。

「部屋の鍵は？」彼女の部屋の前で私は手を出した。

彼女は、

「なに、それ」と、訳が分からないといったふうに私を見る。

また、ずるずる倒れそうになったので、私は仕方なく今度は彼女を自分の部屋の方へ誘導した。

「あいた！」彼女はどこかへ体をぶつけたらしく、大声を出す。

「雪ちゃん、みんな寝てるんだから！」私が小声で言った。

彼女を抱えながらの鍵開けは結構往生したけれど、自室のドアを開けると、二人して部屋の畳に転がり込んだ。

「わあ」雪ちゃんは「寝床だ」と一言言うとそのまま寝てしまった。

あーあと、思いながら私は彼女の足からスニーカーを脱がせ、入り口に寝てる彼女に毛布をかけて、ドアを閉めた。

夜が明けてきていたが、まだ時間があるので、彼女が起きるまでそのままにしておいた。

それから1時間後ぐらいに、私がついうとうと寝ている間に雪ちゃんは出て行ったらしい。

私は、8時過ぎに食堂でパンとミルクをもらって食べた。

朝はみそ汁の朝食もあったが、いつもパンをもらって食べていた。

寮にいる人たちと、出勤してきた人たちも朝ごはんを食べるので朝は活気に満ちて、忙しかった。

厨房が白い蒸気で覆われている。

職員さんが慌ただしく動いているのが見えた。

私は、いつもすごく隅っこでパンを食べていたが、がやがやと賑やかな一団が入ってきて、ますますあたりが殺気立ってくると、そっと席を立ってパンとミルクの瓶を持って自分の部屋へ戻った。

もう少ししたら、出勤しなくっちゃ。

私は、Tシャツといつものベージュ色のパンツスタイルになった。

その上に工場用の白い分厚いコットンの制服と帽子にマスクをする。

ほとんど顔が見えないのが良かった。

私が、制服を着終わったころ、トントンとドアをたたく音がして

「開いてますけど」と言うと、酔っ払いの雪ちゃんが顔を出した。

ベロっと舌を出すと、彼女は、

「今日はごめんね」と言った。

「ええよ。誰にも言わへんから」私は薄く笑った。

「清美さん、今度飲みに行こうよ」

珍しく彼女が誘ってきた。

「ええよ、気にせんでも」私はうなずいた。

「そやなくて、清美さんと飲みたいねん」雪ちゃんはどちらかと言うと甘え上手だ。

「そうね」私は断る口実を探した。

「とにかく、仕事に遅れるから行こう」私はなおも何か言いたげな彼女を押し出すようにして外に出た。

「また、時間あったらね」私はいい加減な返事をした。

外に出ると、人々の流れが出来ていて、私たちはその中に埋没していった。


人生には色々な偶然が重なってくるものだ。

私は、ここに勤めて安定してくると、今後のことを色々と考えるようになった。

とにかくこのままでは前に進めないのも事実だ。定年まで勤めあげて、その先の人生が描けないのも嫌だった。

何とかしたいという漠然とした思いは常にあった。

少なくとも、この先何年生きているかはわからないけど、将来に不安を持ちたくなかった。

それから次の土曜日のことだったけど、夕方になって、私は駅近くのショッピングセンターに出かけた。

ここ2ヶ月ぐらい前から、少し欲しいものがあると、駅前のショッピングセンターへ行くことがあった。

近くにも、スーパーはあったが、食料品ぐらいしかなかったので、日用品とかの買い出しが最近はしたくなっていた。

少しお金に余裕が出来たことも一因だ。女らしく華やかなものが欲しくなってきていた。

土曜の夕方は、人ごみにまぎれてさっさと買い物が出来た。

出かけたいときはもう辺りが薄暗くなって顔の判別がしにくいころを狙って出て行った。

それでも午後になると、念入りに右半分にカバーマークのファンデーションを塗りたくり、ワンレングスにした前髪で半分顔を隠し、つば広の帽子を目深にかぶって大きめの薄いカラーのサングラスもしていた。

少しずつ行動範囲が広がっているのを、私は感じていた。

私は、入り口近くの化粧品店で化粧水と乳液を買い、その後、衣料品店で入り口に展示しているスカーフを見ていた。

その時、

「小林さんですよね」と、声をかけられた。

えっと思って振り向くと、ショートカットの髪のきりっとした顔の女性が立っていた。

細身で紺色のスーツ姿だった。

工場の人だろうか？　そう思いたい。

だが、記憶をたどってもこの顔が思い浮かばなかった。

だけど、私は少し考えていて、なんかこの声と、顔に見覚えがある気がしてきた。

そうだ、確かに知っている。

それは、私にとって良い事だろうか？

そう思うと、私の胸は早鐘のように鳴っていた。

息苦しい沈黙が流れる。

「高知の駅前病院の相原です」

彼女がそう言ったのと、私があっと声を上げたのが同時だった。

あの事件の後、入院していた病棟の看護師だった。

それも、入院中担当してくれていた看護師なのだ。

「ああ、相原さん」私は、心臓の鼓動が収まらなかった。顔から血の気が引くのを感じた。

「その節は」

「いえ、ここ何回かいらっしゃるのをお見かけしたので」

彼女は何も考えていないように静かに言った。

「お久しぶりです」

「その折はありがとうございました」私は青ざめるのを気取られないように俯き加減になった。

「私もあれから病院を辞めて、主人の転勤先についてきてるんですよ」

彼女はさりげなく近況を話した。

「じゃあ看護師さんは」

「今は休職中」彼女はにっこりした。

「こっちでまた仕事してみたいんだけど」

彼女は少し私を覗き込むように見ると、

「こちらへ出てらしたんですね」と、言った。

「ええ」と私は微笑んだ。

「近くの工場で仕事してます」こう言って余計なことを言ってしまったと思った。

「そうなんだ」彼女は何も気にしていなさそうだった。

「また、お会いできるといいけど」

「そうですね」私は彼女にそっと会釈するとその場を立ち去った。

立ち去りながら、いずれこういうことが起こると、いつかこういう事が起こると思っていた。

自分にそう言い聞かせていた。

別に外国へ逃げたわけでないのだから、病院関係の人や、そのほかの誰かに会う可能性は限りなくあった。

それと、私が行動範囲を広げだしたのが一致しただけだ。

これからは気を付けよう。というか、しばらくは外出できない。

そう思うと、少し震えだした。

いつだったか、高知を出てすぐの時に、不用意に友人に電話してしまい、彼女の居場所を確認するような声にはっとしたことがあった。

私は、彼女の追及をはぐらかしていたが、彼女は最後に、

「親御さんが心配して探しているけど」と、静かに低い声で言った。

私ははっとして、受話器を置いた。

そうだろう。探さないわけがなかった。

多分成人しているから、警察の捜索願は無理だろうが、親としたら、放っておくわけはなかった。

ただ、私が引き起こしたことが、親にとっては耐え難いものだったろうから、黙って私がいなくなったことを黙殺してくれるだろうとも、思っていた。

いや、もしかしたら、あの時の私は、高知の親の行動が気になって、電話したのかもしれなかった。

高知を出て行った時の心理状態を今私は説明できない。

ただ、深呼吸できるようになった気がしている。

あのままずっと家にいたら、私は多分病気になって死ぬか、自殺していたと思う。

あの頃の私は、究極の選択を迫られていたような気がしている。

だが、工場へ来て5年近くたって、油断してしまったと後悔している。

少し出歩くのを控えよう。

私は、嫌なものを見てしまったような気になって、そそくさと工場へ向かって帰って行った。

だけど、このことは多分次の行動を起こす原動力にはなったと思う。


非常に違和感のある感情を抱いたまま、私は工場へ帰った。寮の近くまで来ると、私は二、三人の女子工員が立ち話をしている横を、会釈して通り過ぎた。

手元で買い物した紙袋がゆらゆら揺れていた。

入り口の所で、煙草を吸っている雪ちゃんに気付いた。

軽く会釈をして通り過ぎようとすると、

「駅前のプラザ行ってたんや」と彼女が声をかけてきた。

雪ちゃんは、工場の女子の中では、若くて可愛い部類に入る。

いつもデニムのパンツに可愛いニットを着たりして、おしゃれだった。

この子ぐらい若いと、工場の寮で結婚資金をためて、彼氏ができたら出て行くパターンが多かった。

そういう子も何人かいて、賃貸のアパートを借りて、彼氏と同棲しながら工場へ働きに来ていた。

古参になると、キクさんぐらいの年の女性もいる。もっとも、キクさんの年齢がいくつか実際のところ知らない。

彼女は工場近くの洒落た賃貸物件に住んでいる。彼女に関しては私も、結婚して、旦那さんが病気で早く亡くなって、その後、一人息子と住んでいることしか知らなかった。

息子にも何回か会っている。

キクさんがどちらかと言えばいかつめの顔なのに、彼はどちらかと言えば女顔で、印象の薄いどこにでもいそうな色白の男子だった。

いつも、黒ぶち眼鏡の奥から、

「やあ」と、声をかけてくる。

私と同じぐらいの年齢に見えたが、キクさんに言わせると一度結婚したものの、1年もせずに離婚したそうだ。その時は、本当にえっという感じだったそうだが。

別に彼女の悩みの種でもなさそうだった。彼は、彼女にとって適度に役に立っているようだった。

そう、彼女は結構可愛がっていた。

時々は新しい彼女も連れてくるそうだが、離婚して、結婚は考えるようになったと言っていた。

「まあ、子供が出来んうちに別れてよかったかもしれんね」

彼女は冗談めかして言っていた。

とにかくキクさんは、工場の女子の中ではまあ、人生いけている方ではあった。

「人がいっぱいやった」私は彼女とすれ違いながら言った。

「あのさあ、」私のさりげなさを無視して彼女は近寄ってきた。

「この前ありがと。助かったわ」

彼女は朝まで飲んでたにしてはあの日も元気だった。

「どういたしまして」

「ねえ、今晩空いてない？」彼女が意外なことを言った。

「部屋でいるだけだよ」

「そうか。じゃあ付き合ってよ」彼女は煙草を近くの吸い殻入れに押し付けた。

「私はあんまり飲み歩かないから」私は用心してそう言った。

「じゃなくて」と彼女が言った。

「清美さんさあ、長い事キクさんに占い習ってるじゃん」

「そうだけど」

「占ってほしいって人がいるんだ」

私は彼女の顔を覗き込んだ。

「キクさんに頼めばいいじゃない」私はめんどくさそうに返事したが、少し興味を持った。

「キクさん今日はあのご自宅で一日占いするからダメだって」

雪ちゃんはぺろっと舌を出す。

「いいよなあ。占い出来る人って」

「貴女も習えば？」

「だめだよ。一日でやめた。キクさんが誰でも出来るってわけじゃないって言ってた」

そうなんだ。みんな興味持つけどすぐに辞めてしまっていた。

彼女は私にすり寄ってくる。

「清美さんも、よく当たるって優紀さんとか、もえちゃんとか言ってたよ」

この言葉は私の沈んだ気持ちをくすぐった。そうだ、こういう賞賛は一番嬉しかった。

「じゃあ私で良ければ」私は軽く返事した。

占ってもらいたい子が寮にいると思って言った。

「それがさあ、」彼女は続けて言った。

「急な話で悪いんけど、駅前の飲み屋街までなんやけど」

「ええ？」私はここで断ろうと思った。むくむくと湧いた好奇心がしぼんでしまった。

「今行ってきたとこやし、もう今日は疲れとるから」急に気のない声になる。

帰ってきた疲労感が倍増した。もう歩く気はなかった。

途端に雪ちゃんがまた、寄ってくる。

雪ちゃんはよく見ると綺麗にメイクしていた。

若いってことは良い。36になる私は、もとから対抗出来ない。

「そんなこと言わんといてよ。キクさんが、清美さんは才能あるからって太鼓判押したん

てくれるから」

「じゃなくて、彼は運転手だから。ご本人は飲み屋で待ってるよ。店まで車で連れて行ってくれるから」

「いるの？　じゃああんたの部屋で占ったげる」私は軽く返事した。

「あのさあ、友達が部屋で待ってるんだから」

「だめよ、もう疲れたし」

だから」

雪ちゃんは私の肩に手を置いた。

「キクさんには内緒やけど、あの人と同じ3000円でって言ってるから」

耳元でささやくように言う。

「たのむわ。友達が今じゃないとだめって言うから」

雪ちゃんはなぜか頼み込むように言った。

「どうしてもって言うなら」私はしぶしぶ返事した。あまり乗り気ではなかったが、3000円には少し気が動いた。

「そう？　じゃああの人連れてくるわ」雪ちゃんが小躍りして走って行った。

私は持っていた買い物袋を置きに部屋へ戻った。

それから、また、外に出ると、もう雪ちゃんが出てきていた。

なんか、父兄会のようなおじさんが一緒だった。地味で真面目そうな雰囲気だ。雪ちゃんにはそぐわない。

「この人、飲み屋街の運転手さんよ」

彼女はさっさと話を付けてきたのだろう。

彼の方を向くと、

「この人が清美先生だから」と、説明した。

運転手さんは、こっくりと会釈する。ああ、もっと重々しい格好するんだったと私は少し思った。

「彼女も忙しい人なんよ」雪ちゃんが彼に吹いている。私は少し吹き出しそうになって何故か先ほどの重苦しい気分が吹き飛んだ。

これは、雪ちゃんに感謝すべきかもしれない。人を楽しくさせる才能がある。

それと、先生と言われたのが少し嬉しかった。

「それでは、ご案内いたします」

彼は片手を前に出すと私たちを先導していった。まるで、新しい明るい未来が前にあるように。だけど、それが現実になったのだ。

そう、これが私の人生の転機になった。

今思い出してもそうなんだ。

雪ちゃんは、私が逃げないように後ろから押してきたが、この時確かに私は新しい未来に向かって歩き出していた。

車はメタリックなグレーのクラウンだった。

雪ちゃんは運転手が開けてくれた後部座席へハイジャンプして乗り込んだ。

その後で私は車の座席に用心して座った。車内は微かにフルーツ系の香りが漂っている。

全面黒い革張りの、快適な座席だった。ドアが閉まる。

私は、雪ちゃんの方を見て、少し微笑んだ。彼女は慣れているのか、外を見ていた。

滑り出すように車が走り出すと、

「清美さん、いきなりごめんね」

こっちを向いて、急に彼女が言った。

「ううん。大丈夫よ」私は彼女の頭を少し指で押した。

「雪ちゃんに言われたら、断れないもんね」

彼女は私の方を振り向くと、舌を出した。

「今から行くのは駅前にあるロココハウスの5階のラウンジなの」

「ふうん」と、私は頷いた。

「そこのお客さんなんだけど」雪ちゃんはデニムの両足を組み替えた。

「どうしても、今日中に占ってもらいたいって言ってるの。だから、」

「それはいいけど、雪ちゃんいつもそこに行ってるの？」

彼女は長い髪をもてあそびながら私を見てにやっと笑った。

「まあね」彼女の声の調子が少し甘えるようになった。相手を誘い込むような、不思議な声だ。

この子はまあ、人生いろいろあり組だな、と、前から思っていた。彼女がキクさんにはなついていて、彼女と一緒にいるのは何回か見ていた。

だが、私に見透かされているのを警戒してか、最初は傍に寄ってこなかったのだが酔っぱらってたのを泊めた日から、何とはなしになついてきていた。

私は基本休みの日には部屋で本を読んでいた。外出するということは、お金を消費するということに繋がる。私は出来たら1円でもお金を貯めたかった。だから、朝散歩する。早朝なら誰にも出会わないしお金を使うこともない。それでも、たいくつではあった。

休みの日は雪ちゃんはデートがあるのか、可愛いワンピースなど着て出かけていたが、帰ってくると私の部屋にやって来た。

そんな時は、二人でラーメンを食べたりして、たわいもない夜を過ごしていた。

彼女はあんまり自分のことをしゃべらない方だったが、慣れてくると、自分のしょうもない（と、彼女が言っていたのだが）親の話をしてくれた。

父親の方は、雪ちゃんが5、6歳ぐらいの時に不意に出て行った。ほとんど記憶に残っていないが、近くの公園で遊んでいた記憶があるそうだ。多分、母親が仕事で帰ってこなかったからだろう。

母親はもともとスナックで働いていた。

子煩悩な方ではないので、男性関係が出来ると、実母に雪ちゃんを預けてしばらくはお金を送ってくるだけの間柄になっていた。

男に逃げられると戻ってくるのだが、雪ちゃんもおばあちゃんには遊園地へ連れて行ってもらったけど、お母ちゃんは昼間っから酒ばかり飲んでいたと、いい思い出はなさそうだった。

中学の頃になると、母親が引き取って一緒に暮らしていたが、母親の男が手を出すようになって、家を飛び出したらしい。

「お母ちゃんは、あたしにも水商売やらせて、稼ごうとしただけだよ」彼女は思い出したように苦笑いした。

その後、祖母の家に舞い戻ったものの、母親が連れ戻しに来るので、中学卒業と同時に住み込みの仕事を探してこの工場にやってきたそうだ。

母親はたまに会いに来て、その時は必ず金をせびっていたそうだが、ある朝自宅で急死しているのが見つかったそうだ。

雪ちゃんは、その後、祖母にも死なれて身内は誰もいなくなったと、言っていた。でも、かわいそうとか言われたくないのか、

「あたし、寂しくないから」と、断言するように言っていた。

彼女は、でも、それで落ち込むタイプでもなさそうだった。工場では、仲のいい子もいたが、適当に距離をおいていた。今思うと、彼女は見た目よりは、他の子ほど子供ではなかった。

早く、大人になってしまったのだろう。

例えば、私の所へひょっこりやってくるときは。必ずお菓子を持ってきた。菓子パンの時もある。私が頭痛などして寝ていると、「薬ある？」と、心配してくれていた。一人でいたいときは、空気を読んで黙って出て行った。それが自然なので、いつしか私たちはつかず離れずのいい関係になっていた。私にしてみれば、妹みたいな存在だ。

雪ちゃんの人生は、だんだんに波乱万丈になってくる。だが、神様は、越えられない試練を人に与えないと、キクさんが言っていた。彼女はあたしの師匠だった。

平穏無事がいいのは当たり前だが、試練が人を磨くと、彼女がなぐさめるように言ってくれたことがある。

「なあ、おもろない人生の人間を占うほど大変なことってないんやで」と、いつか、彼女が言っていた。

「でもなあ、そこが腕の見せどころやなあ」彼女は太い腕を叩いてみせた。

そう言った彼女の顔を見て私と雪ちゃんは笑ったものだ。

何故か、あまり沈み込まない人間は、本人自身、一生安泰と思っているかもしれない。が、おそらくその人生は低空飛行なのだ。

それを本人も感じていて、私の所へ占ってと、会いに来る。はっきり言うと、このタイプが大半を占めていた。占い師にとっては占い甲斐のないタイプだ。

占い師の大事なところは、そこは分かっていても、ちゃんと掬い上げてあげないといけないらしい。大半がそうだから、相手にしないと客がいなくなると言うことだ。

一つ言えることは、足が着くぐらいの低空飛行の場合、落ちても怪我しないってことだ。大きく沈む人間は、立ち直った時も、ハイジャンプする可能性を秘めている。

私はキクさんから、色々なことを教わった。

工場の子たちや、その友人やらを占わせてもらって、ある種自信のようなものも出来ていた。

「キクさんが仕事辞めるって聞いてる？」

いきなり雪ちゃんが言った。

「え？」私は驚いて彼女を見た。

「知らなかったわ」

「まだ、誰にも言ってないって」雪ちゃんがにこっとした。誰にも言ってないことを雪ちゃんに言っているってことが、二人の信頼関係なのかもしれない。

「工場長さんと話してるの聞いたんだ。立ち聞きしたの。つうか、あの人もうすぐ定年らしい」

そうか。60歳になるんだ。

「だから、駅前の小さい店舗借りて占いの館やるらしいよ」

雪ちゃんは少し羨ましそうだった。

「あの人、結構この辺りでは有名になってるんだって」

だから占いの教室とかやってたんだ。

「じゃあ、辞める時は皆でお祝いしなくちゃ」

「それなら、お店の開店の時にした方が喜ぶかもしれないよ」

それはそうかもしれない。将来の展望があるってことは羨ましい限りだった。

私もあんな風に年取っていきたい。出来るだろうか。

「でも、ここの人たちにもあの人は人気あったから、お別れパーティーとかすると思うよ」

雪ちゃんは情報通のようなことを言った。

その時、車が止まった。

気が付くとネオン街のど真ん中に来ていた。煌びやかなネオン街は昼の喧騒とは全く違っていた。

運転手さんがドアを開けてくれる。

夜の駅前は初めてだった。私はひやっとする寒さに襟を立てた。

雪ちゃんは相変わらず能天気に飛び出してくる。

急に、こんな若さと、元気さが私にはうらやましいんだと、実感していた。

私は彼女が好きなのだろう。

「やったあ」彼女は大きく両手を挙げると伸びをした。

運転手さんが、ドアを開けて私たちを送り出しながら、

「じゃあ私は車を駐車させてきます」と言った。

「帰りもお送りいたします」

そう言うと車に乗り込んで去って行った。

辺りは色とりどりのネオンで昼間とは全く違った景色になっていた。まるで、おとぎの国だ。

「見て、あそこがロココハウスだよ」

彼女が指さす方を見ると、すぐ向こうに白い古典的なヨーロッパの建物風のビルが見えた。

えせロココ調と言うのか、若干ゴージャスに見せて、かなり安っぽい。

両隣がちまちました、「千代」とか、「飲んだくれ」とか書いた雑居ビルなので、余計に怪しく見えた。だがそれらの風景は私の脳髄を微かに刺激していた。

何なんだろう、密かな頭痛がしてきた。

私が立ち止まっていると、雪ちゃんが背中を押してきた。

「みんなが待ってるよ」

みんな？　私は彼女の顔を見返した。

雪ちゃんは私の思惑などお構いなしで。先に立って歩いていく。

この子は度胸があるのか、馬鹿なのか？

彼女はロココハウスと、ローマ字で白くレリーフされているオフホワイトの壁を人差し指でなぞっていく。歩く姿がヒールの靴を履いているので、モデルのように見えた。

赤いサンダルだ。それが扇情的なラインで動いていく。

デニムの上に着ているのが、ロマンチック風なフリルの多いブラウスで、淡いピンクや黄色の花が咲いていていた。

そうだ、黄色の花はミモザだ。

私はいらんことを考えながら、彼女の後を付いていく。

まるで、彼女にいざなわれるように私は白い手すりのある階段を上がり、銀色のエレベーターへと入っていった。両側にはいくつものテラコッタ調な鉢に入ったドラセナの木が出迎える。

この木は幸福の木っていう和名があったっけ。

確かに両隣の雑居ビルとは一線を画している。

オーナーが少しはリッチにというコンセプトで建てたのだろう。

気持ちは分かるが、建っている場所が場所だ。

気の毒だけど、半分は失敗している。

彼女が「5」というボタンを押した。

私たちは滑るように上っていった。

今でもあの時の光景を不思議なほど覚えている。

雪ちゃんはうきうきしたような歩き方をしている。この子にはこの光景が似合っていた。

その時、私は脳の中に一瞬だが、この建物の階段を銀色のロングドレスを着て踊るように駆け下りてくる彼女の姿が見えた。豊かな髪をアップにして、両耳と胸元にアクセサリーがきらめいている。鮮やかなマリンブルーの石だ。ターコイズだろう。

不思議なんだけど、私には時々そういう架空の光景が見える事がある。

架空だが鮮明なのだ。

フラッシュバックするように、バシャバシャとその光景が浮かぶと、後になってそれが現実になることが何回かあった。

多分私の体調にもよるのだろうが、今日は色々なことが起こって、私の神経が鋭敏になっていたせいもあるだろう。

5階に着くと、目の前に赤いじゅうたんが敷き詰められた廊下が見えて、三つぐらいオーク材の重々しいドアが等間隔に並んでいるのが見えた。

エレベーターのすぐ前のドアに向かって雪ちゃんが走り寄っていく。

「ここ、オパールっていう店だよ」彼女は茶色のドアにかかっているプレートを指さした。いぶし銀のプレートに、英語でオパールと書いている。文字自体がオパールのようにいろいろな色に煌めいていた。

何なんだろう、この嘘くさい高級感。

彼女は遠慮なくドアを開けた。

薄暗い中が見えてくる。私たちはそっと入った。

ちょっと重たい空気の中に、豪華なオフホワイトの胡蝶蘭が目立つ大きさで入り口のロココ調の猫足のチェストの上に乗っている。

私たちはその場に立ち尽くしていたが、ここからだと中が見えない作りになっていた。

「ママ、先生連れてきたから」

雪ちゃんが奥に向かって叫ぶ。

「はあーい」やや野太い声がして、大柄なママと思しき人がロングドレススタイルで出てきた。白いドレスを着ている。

長身だ。どう見ても１８０センチはあるだろう。

金髪で、マリリン・モンローをイメージしたのか、唇の左端上に大きなほくろがあった。

真っ赤な肉厚の唇から、しっかりした鼻筋、濃い眉毛に、驚くほど反り返って剣のように固そうなまつ毛の下の、大きな瞳。

ブルーの派手なマスカラがラメが入っているのか、煌めいている。

どう見ても、明らかに、まあ、男性と言えば、男性かな？

私が黙っていると、〝彼女〟は雪ちゃんの方を見て、

「この人が先生？」と、言った。

「そうだよ」雪ちゃんが頷く。

「キク先生のお弟子さん？　何か若いわね」ママは品定めするように私を見た。

「キク先生は先約が今日はいっぱいで、来られなくなりました」雪ちゃんは、はっきりそう言った。

「あら、だめじゃない」ママが困った顔をする。

「あのお客さんは、キク先生がご指名よ」

私は思わずあとずさりした。そこを雪ちゃんがハイヒールの踵で押しとどめる。

「でも、今じゃなければだめなんでしょう？」

「そうなのよ。あと、30分したら出ていくって」ママは困った顔になる。

「雪ちゃん、大事なお客さんなんだから」押し付けるような声でママが言った。

「もう一度キク先生に言ってみて」

「だめですよ」雪ちゃんが目の前で両手でバツ印を作る。

「実は、滋賀まで仕事で行ってるんですって」

そんなことは聞いていなかった。

「困ったわねえ」それから私の方をチラッと見返す。

「この人、ほんとにお弟子さん？」

「そう」雪ちゃんが私の腕を取った。

「キク先生は、もうすぐ工場から出ていくんで、この人が代わりの占い師さんになるんだよ。

キク先生よりも当たるって言う人もいるんだから」

ママは信用していいものか迷っていた。

「じゃあ、お客さんに聞いてくるわ」

ママはくるりとターンすると、白いやはりモンロー風のドレスの裾を翻して中へ入って行った。こちらの気持ちなどどうでもいい態度だった。

「私帰るわよ？」

私は少しむっとして彼女に言った。

「だって、私じゃあだめみたいだし」

えっというふうに雪ちゃんが私に振り向いた。

「そんなこと、言わないでよ。苦労してここまで漕ぎつけたんだから」

漕ぎつける？　何言ってんだろう。

「キク先生、本当に滋賀？」

「あれは嘘！　スケジュールが詰まっているから行けないって言ってたんだ」

この子はどこまで嘘つきなんだ。

「とにかくだめって言われたら知らないわよ」

雪ちゃんが両手を合わせるように、私に拝んできた。

その時、ママが戻ってくる。

「いいわ！　お客さんが会うって」

雪ちゃんがほっとしているのが、はっきり分かった。

急にママが私の方に愛想笑いしてくる。

「こちらの先生はお名前は？」

「清美先生でーす」雪ちゃんが嬉しそうに大声をだした。通路は大理石調のタイルで覆われている。すぐ角を曲がると、いきなり部屋が明るくなって、大広間に出た。何百個ものレインドロップ型のクリスタルを連ねたシャンデリアが、乱反射するような光を放っていくつもぶら下がっている。

シャンデリアの下のボックス席もシェル状の背もたれと、猫足のついた紫のソファが所狭しと並んでいる。床は深紅のじゅうたんが敷き詰められていた。

向かい合わせのソファの前にはガラスの大きめのテーブルがあって、アイスバケツにシャンパンが乗っていた。

こちらが思ったよりもずっと広い店内だった。しかも思ったより高級感がある。あちこちにお客さんとホステスの笑い声が聞こえてくる。どうやらホステスさんたちは抜群のスタイルをしているが、骨組みの大きさからしても、軒並み１７０センチ以上の高身長からしても、いわゆるおねえ系の方たちのようだった。

なにしろ、肩幅が広いし、のどぼとけが異様に目立つ。中には全く女性にしか見えない人もいるが、ホルモン治療のなせる業かもしれない。

服装は着物の人もいれば、ロングドレスや、何を思ったのか、インディアン風な扮装の人もいた。

お客さんたちは皆様々に座って大声を出してホステスと掛け合いの漫才のような会話を楽しんでいる。彼女たちは、話術が巧みな人が多い。

お客さんは、楽し気に大声で笑っていた。私たちに声をかけてくる客もいたが、雪ちゃんはめんどくさそうに無視して歩いている。


店内の壁は、真珠貝の内側のような壁紙で、全体が光を帯びて鈍い煌めきを放っている。店の所々に外にあったのと同じテラコッタ調の大きな鉢植えに入った、観葉植物が茂っている。サンスベリアやパキラが多かった。

私の感想としては、このど派手なママの割には店内のセンスが良いなあと思った。

ママは、皆の呼び声にいちいち挨拶しながら、奥の端にあるグランドピアノを置いた小舞台の横の、黒いドアを開けた。

「済みません。お待たせ！」彼女はドアを開けるなり私たちに入るように手招きし、それからドアをがしゃっと閉めた。

「おお待たせたな」渋い男性の声がする。

私たちは前に進むと、黙って挨拶した。

「すみませんねえ、先生がなかなかつかまらなくて」

雪ちゃんはさっさと前に出ると彼に挨拶した。

「雪ちゃんご苦労」彼が彼女に声をかけた。

私は、初めて顔を上げると、目の前の黒革の大きなソファに座った男性に目をやった。野太い声からして、大柄な男性と思っていたが、意外に小柄な男が座っている。

だが、流石に異様な存在感があった。

エキゾチックなほど彫りの深い顔と、浅黒い肌、それ以上に彼のソファの傍で待機している二人の黒っぽいスーツ姿の男たちの緊張感がひしひしと伝わってくる。二人とも、もとボクサーと言っていいような、引き締まった体と、挑戦的な目つきをしていた。

「清美先生です」

ママがとってつけたように言った。

彼は私の方をしげしげと見つめる。人を見透かすような深いまなざしだ。

その目つきに並々ならぬものがあって私は眼鏡の奥が冷たくなるような気がした。

「サングラスや帽子で顔が見えないなあ」

彼は低い声で呟いた。

雪ちゃんが、

「この先生は少し顔にけがしているので」と、補足してきた。

「そうか?」彼は低い笑い声をたてた。

「お見受けする限り、若いし、べっぴんやがなあ」地を這うような声が私の脳髄を刺激した。「スタイルも良い」

ママは私を気遣うように、

「このままでいいですよね」と、言った。

「ほんまはしっかり目を見たいんやが」

彼はデリケートなことだと思ったらしく小声になった。

「キクさんはしっかり目を見て話ししてくれた。そうやないと、話が分かりにくいんや」

一瞬気まずい空気が辺りを包む。

私は、それを聞くと、覚悟した。

帽子を取って傍のテーブルに置き、顔に巻き付けたシフォンのスカーフをそっと顔から外すと帽子の上に置いた。さわさわと髪が肩まで落ちてくる。

周りの人間の密かなざわつきが聞こえてくる。雪ちゃんが心配しているのが、気配で分かった。

そしてゆっくりと歩いて行くと、彼の真向かいの椅子に座った。そして、サングラスを外す。

ワンレングスの髪がある程度傷を隠してくれているのを祈っていた。

私は思い切って彼の目を覗き込んだ。相手の男の顔が間近に感じる。相手はゆっくりと私を見ているのが分かった。まるで品定めをしているように。

私も、意を決して相手を見据えた。

ラテン系の男優のような彫りの深い顔に漆黒の眼力のある瞳だった。だが、何故か、海の底のような穏やかさを感じた。

「思った通りや。べっぴんやないか」彼は静かに言葉を発した。

　私は首を振った。

「隠しとったら損するで」

　彼は誘い込むような優しい声で言った。私は彼の不器用そうな指先を見つめていた。四角くてごつごつしているけど、繊細な動きを見せている。

　彼の言い方に私は思わず泣きそうになった。感情をコントロールするのが、難しい。今まで、そんなことを言ってくれた人はいなかったからだ。というか、あの事件以来、男性の前に顔をさらしたのは、初めてだった。

　医療関係の人の前では、始終顔を出していたが、みんな無機質な反応しかしない。

「清美と申しますが、何を占ってもらいたいですか？」

　私は、その感情をかき消すように単刀直入に言った。

「あんたに占ってもらいたいのは、わしがこれからどういうことになるか、または、どうしたらいいかや」

　は？　と、思って彼を見つめ直した。

「これからといいますと？」

「そのものずばりや」彼は少し強めの言葉で私に言った。

「お見受けした限り、あなた自身に今現在問題はありません」私ははっきり言った。

「でも、良かったら生年月日をお伺いしたいんですが」

彼はよどみなく言った。

私は定石通りの計算をして、彼に大まかな性格的な傾向とか、これから先の起こりうることを話した。

あとは、骨相学上や、手相から見た本人の性格上の問題点とか、年回りからして気を付けたらいい年のアドバイスをしていった。

30分したら出かけると言っていたので、それ以上踏み込んでは話せなかった。

彼は私に手を握られたままじっと聞いていた。

しばらくして、

「なるほど。キクさん仕込みやなあ」と、感心したように言った。

「そやけど、あんたの方が分かりやすいわ」低い声で呟く。

ママがほっとしたようにため息をついた。雪ちゃんも、小さく手をたたいた。

彼の分厚い手は厚みがあって生命線もしっかりしていた。

絶大な能力を持つものが持つ線もある。だが……。

何かが気にかかった。

それが何なのか、私は軽いめまいを感じていた。ゆらっと体が揺れるような気がした。

「すみません。時間です」

例の運転手が入ってきた。

彼は私から手を離すと、

「分かった」と、頷いた。

彼はその場所から立ち上がった。

私は、まだ何か言う事があるような気がした。

「おい」彼は部下に、

「ちゃんと払っておけ」と言ってそのまま出ていった。黒っぽいスーツ同様、シャープな動きだ。

部下の一人がママに封筒を渡す。彼らも後を追って出て行った。まるでつむじ風のように。

雪ちゃんが、ほっとしたようにその場に崩れこむ。

「ほんと、気い使うわ」

オパールのママが封筒を差し出してきたが、私は左手のブレスが揺れたのに気が付いた。

何だろう、この感じ。立ち上がろうとして、急に膝に力が入らなくなっていた。

そう思った時、私はいきなり雷に打たれたように、その場にしゃがみこんだ。

「大丈夫?」雪ちゃんの声がする。

頭が痛い。燃えるような気がする。

その次の瞬間私の脳裏にある光景が浮かんできた。

スーツ姿の男たちが歩いている。遠景なので、誰だかわからない。

歩きながら何か話しているようだった。

だんだん男たちが近づいてくる。ああ、さっきの男たちだ。

そのままコンクリの道を談笑しながら歩いている。

周りは、見たことがある風景だった。

多分市立病院近くの薬局の前だ。ドラッグの赤い旗が閃いている。

「処方箋調剤」と大きく書いている。

気が付くと彼らは果物のかごを持っていた。

そうか、お見舞いに行くんだ。

病院の前には銀杏の並木道がある。どの銀杏の木も年数を経て、大木だった。黒っぽい大木に、青々とした葉が揺れている。

その時一本の銀杏の大木の陰から、闇のように黒い男が出てきた。黒っぽいスーツ姿だ。

スーツを着ていても、本人のしっかりした筋肉の盛り上がりがよく分かる。映画のワンシーンのように大きな動作で彼らにピストルを構える。歩いている男たちは、まだ彼に気が付いていなかった。いや、彼らからは、彼の姿が蔭になっていたのかもしれない。男は大きく足を広げ腰を落とした。

私はあっと思ったが、次の瞬間、無言で男は次々に男たちを撃った。

音もなく彼らは倒れていく。一人が持っていた果物かごが道に転がって、大きなリンゴが一つこぼれ落ちた。赤くて立派なリンゴは、ころころと道の端に向かって転がっていく。そして、静かにそれを追うように細い血の筋が流れていく。

私の見ているのに気づいたのか、男はいきなりこちらに向かってきた。その時男の顔が画面に大写しになった。

そこまで見てしまって、私はあっと大声を上げた。

「え?」ママと、雪ちゃんが茫然とこっちを見ている。

私は帽子も何も放り出して、外へ飛び出して行った。

「きよみさあん」雪ちゃんが後ろから声をかけてきた。驚くほど力強く私は走っていた。

私は、お客たちを押しのけて、ホステスたちも押しのけて、入り口のドアに向かった。ワインの瓶が、トレイから落下する。

「なんなの！　あの子！」怒鳴っているホステスたちの声がする。どこかでグラスの割れる音が聞こえた。叫び声のような、皆の声を背に私はドアを開けた。すべるように廊下を走る。エレベーターを押すとすぐに上がってきた。

エレベーターに乗って、一階まで下りて行く。

そしてロココハウスの白い階段を飛び降りるように走っていく。

向こうの方にさっきの男たちが見えた。車に乗ろうとしている。

「ねえ！」私は大声で叫んだ。

「ねえ待って！」

車に乗り込みかけていた男たちが一斉に振り返った。

「待って！」

私は階段を駆け下りると、

「行っちゃ駄目だよ！」と、大声で叫んだ。息が切れていた。

「なんだよ。この姉ちゃん」部下の一人が私を通せんぼした。

「待って！」私は大声を上げた。

「今行ったら殺される！」

私はその場にへたり込みながら、

「ピストルを持った男があんたたちを撃つわ」

と言った。見たままだった。この3人だ。

「何言ってるんだ」

「果物かごを持って病院へ行くでしょう？　薬局の近くの銀杏の木の後ろに男が隠れているわ」

そして、私はドアを開けた後部座席の奥に果物のかごがあるのをしっかりと目にした。

「何言ってるんだ！」もう一度手下の男が怒鳴った。「寝ぼけたこと言うな！」

「行ってはダメ！　3人とも撃たれるのが見えたわ」

黙っていた男が静かに振り返った。驚くほど低い声で、

「撃たれるって」と言った。

「見えたのよ！　今さっき」私は部下の制止を振り切って男の前に出た。

「行ってはダメよ」

私は男の両腕に手をかけた。後ろで手下が私の背中をつかんだ。

「確かに見えたの」

男の不思議そうな、険しい顔に私はささやいた。

「最後に見えたのは、右耳がちぎれた男よ！」

男たち3人が一斉におう！　というようなどよめくような声をあげた。

「左首筋に大きなほくろがあるわ」私はそこまで言うと、力尽きてその場に倒れこんだ。

気を失う前に私は、倒れ込む私を男が支えるのがうっすらと見えた。


次に気が付いたのは、多分ロココハウスのクラブのソファの中だった。

心配そうにのぞき込む雪ちゃんの顔が見えた。頭を上げると、紫のソファの背中が見える。

どのぐらい寝ていたのだろう。

紫は私の趣味じゃないわと、思いながら、私は目を覚ました。

向こうの方で、ママがホステス達としゃべっていた。

「ママあ」雪ちゃんが大声をあげた。

「先生が目を覚ましたわ！」

「そう？」ママが走ってくる。

私は、ゆっくりと起き上がった。膝からタオルケットがはらりと落ちた。

頭が抜けるように痛い。

「頭が痛い！」私は悲鳴に近い声をあげた。

「ママ！　頭痛薬ある？」雪ちゃんがもう一度大声をあげる。

「痛い！」私はそのまま昏倒してしまった。


その後、私は運転手さんに連れて帰ってもらったけど、2、3日は頭痛で寝込んで仕事が出来なかった。

だから、あの後、彼らがどうしたのか後になるまで、私はよく知らなかった。

ただ、仕事をしながら時が過ぎて行った。

ロココハウスへも行くことはなく、雪ちゃんは時々様子を見に来てくれたけど、何にも言わなかった。

7. パーティーの席で

3ヶ月ぐらいが経つと、ゆきちゃんが言ったように、キクさんが定年退職と言うことで、皆で送別会をすることになった。

キクさんはその前に駅前の商店街の中に、ほんの最近廃業したコロッケ屋があって、空き店舗になったので、借りたと言っていた。

3畳ほどの小さな店舗だけど、入り口を改装して、占いの店を出すと言っていた。最後の方は彼女にとっては次の商売への足掛かりを見つける2ヶ月だったようだ。

私はそんなキクさんが羨ましくもあった。

あんなふうにずっと働いて、そして自分の能力に相応しい仕事を最後に見つけることが出来るのはどんなに良いだろう。

キクさんの送別会をしたいという人が多かったので、私としては異例なことだが、代表して雪ちゃんと、従業員の休憩室を使って送別会をする準備を引き受けた。

暇な時間に、大きなプラカードを作ったり、その周りを飾る花を作ったり、その後、みんなにいくらか出してもらって、お菓子とケーキを手配した。ほかの女の子も手伝ってくれた。

誰かのために何かをするのは、こんなに楽しいことだと、久しぶりに思えた。そう、引きこもってばかりいた私を新しい世界にいざなってくれたのは、キクさんだ。

第一、私に占いの素養があるなんて、彼女でなくては見抜けなかっただろう。

厨房の人たちも、フライドチキンやフライドポテトを作ってくれると約束してくれた。

雪ちゃんは、キクさんがいなくなったらつまらないと言いながら、一生懸命手伝ってくれていた。雪ちゃんにとっては、お母さんだったんだろう。

「お店ができたら、手伝いに行こうね」雪ちゃんが私にウインクしてみせた。

「そうね、お花ぐらい贈りたいし」

「キクさんは生き生きして、羨ましいよ」雪ちゃんが柄になくため息をついた。

「あの人ぐらいみんなに好かれた人もいないよね」

本当だと、私は思った。

思えば、ここで何年も勤められたのは、みんなが意地悪もせず、仲良く暮らしていけたせいだった。

それには、やはり古参の人たちの人柄にもよるだろう。何があっても、みんなはまず寮母さんより、何事もキクさんに聞いていた。

そうこうしているうちに、送別会の日はすぐにやって来た。

当日は工場の入り口も、男性社員が作ってくれたキクさんの似顔絵を描いた立て看板とか派手にしてくれていたので、まるで、パーティー会場に早変わりしていた。

みんなもせいぜいドレスアップしてやってきた。

私たちが飾り付けた従業員の休憩室は、満員の人で溢れかえっていた。

私と雪ちゃんで作った「キクさん今までありがとう」という文字が横長に掲げられていて、その周りをペーパーで作った赤い花が取り巻いている。

社長と工場長さんが、大きなアートフラワーを贈ってくれていた。

私はカメラマンの役も引き受けて、工場長さんからカメラも借りていた。

いつもは本社のビルにいる社長も、長年の功績があるからと、表彰状を持って駆けつけてくれていた。

司会を引き受けてくれた男性が小さな舞台に上がって挨拶を始めた。

皆が一斉に拍手する。

とりあえず、私と雪ちゃんの仕事はここまでだった。

ここまで用意するのに、ここ3ヶ月、週一回はみんなで集まって相談したり、小物を作ったりしたのだ。今日も、朝早くから飾りつけをしていたけど、時間ぎりぎりまでかかってしまい、気が付くと普段着にエプロン姿のままだった。これは、却ってキクさんに失礼だった。

私たちもドレスを着て、パーティーに参加することにしていた。

「清美さん、着替えてこようよ」雪ちゃんが。私の肩にポンと手を乗せた。

「そうだよね」私は彼女を見て、頷いた。

私たちは、会議室に入ると、ドアのカギを閉めた。

気が付くと、窓際のカーテンレールにドレスが二つ、並んで掛かっていた。

雪ちゃんが、昨日のうちにドレスをレンタルしていた。飲み屋街近くのレンタルドレスの店で格安で借りてきてくれたのだ。私が普段着でいいと言ったけど、彼女は、「いいから、いいから」と話を進めていった。

私は、まじまじと壁際のドレスを見つめた。金額の張りそうな高級品だった。

こんなきれいなドレスを着るのはもう何年ぶりだろう。

美しい服は人をわくわくさせてくれる。今の高揚した私の気分にぴったりだった。

でも、私なんかがこれを着て出て行ったら、皆は何て言うだろう。

私の中で、ネガティブな発想がむくむくと湧いてくる。

「ラベンダーのが、清美さんで、もう一つがあたしの」雪ちゃんが説明してくれた。

私のはラベンダー色のスカートがふんわりしたドレスでロングスカートの上にチュールレースのスカートが重なって、二重になっていた。袖は同じチュール生地で、肌が透けて見えるようになっていた。

雪ちゃんのは彼女らしいオレンジ色のサックドレスだった。デザインがシンプルなので、生地は光が当たると煌めくようになっていた。

彼女はハイヒールとアクセサリーもセレクトしてくれていた。

雪ちゃんの、ファッションセンスにはいつも感心させられる。

「でも、あたしこんな素敵なドレス着られないわ」

「出た！　毎度のネガティブ発言！」彼女が私に向き合って、

「そんなんじゃあ、駄目だよ」と言った。彼女はエプロンのポケットに手を突っ込んだ。

ブラウスの端から見える白い肌が匂い立つようだ。彼女は20代前半だ。私の失った若さと美しさをどちらも持っている。嫉妬のような感情が私を疼かせた。

「だって」と私はスカーフで巻いている片方の頬に手を当てた。大きめの眼鏡がゆらっと動いた。

「ねえ、清美さんにメイクしてもいいかな？」彼女は少し遠慮がちに言った。

「してくれるの？」私は彼女に振り返った。少し興味を持っていたことだった。メイクでみにくい傷もある程度ごまかせると聞いていた。それが可能ならどんなにうれしいだろう。私の人生が変わっていける気がしていた。

「うん」彼女はそう言うと、重そうにメイクアップボックスを持ってきた。黒い革張りで持ち手は金属製だった。

「あたし、少しの間だけど、化粧品の美容部員やってたんだよ」と言いながらボックスの蓋をパチンと開けた。中は三段になっていて、化粧品やメイク用品がぎっしり入っている。

「きっと、私なら、清美さん、綺麗に出来るわ」

「そうなると、嬉しいけど、」私は小さな声になって言った。すがるような気持ちもあった。

「自信もってよ。清美さんみたいに品のある感じの人って少ないよ」

彼女は私の前に回り込むと、

「椅子に座って、スカーフと眼鏡を取って！」そう言った。

私は椅子を引くと、静かに座った。彼女に言われると素直になれた。

スカーフを外して、テーブルの端に置いた。それから大きな眼鏡を重石のようにその上に乗せた。

私の顔に黒髪がパラりと落ちかかってくる。

黒髪だけは艶があって美しかった。

彼女は私のワンレングスにした前髪をきれいにすくうとピンで留めた。

私の顔の傷がはっきりすると、彼女は一瞬はっとしたようだった。私は鏡の中の彼女の表情を見逃さなかった。それごらんなさいという思いと、やっぱりという失望がないまぜになっている。いつも、人の目線を気にしていたせいだ。

誰でもあたしのことはお化けみたいに思うんだ。

でも彼女はそれからは、表情を変えず、平然と私の首回りにケープをかけた。そしてボックスから折り畳みの鏡を取り出して私の前に広げた。鏡の横にライトが付いている。

私はここ何年もまばゆいライトの下で自分の顔を見たことがなかった。

私は自分の顔半分にやはり衝撃を受けていたのだ。否定したくても出来ない事実があった。

誰だってしてはならないことをしてしまうことはある。それだからって、私のように烙印を押される人間はいないだろう。

私のしたことがそれほど罪深かったのだろうか。

相手の男が何事もなく戻れたはずの人生に、私だけが戻れなくなっている。

左半分の目のほうから思わず涙が流れた。

涙は静かに滑らかな方の頬を伝って流れた。

私は隠すように右半分の頬に触った。

もう半分がなんともないので、余計に引き攣れが目立つ。

ここに来た2年前はお金がなかったので、100均で買った化粧水と乳液を塗って、その上に500円で買ったファンデーションを塗っていた。

私の行動を雪ちゃんは見ているはずなのに、何も言わずにボックスから化粧品を選んでテーブルに並べていった。

「いい？　よく見ておいてね」彼女はプロのアドバイザーのような口調になっていた。

「清美さん、これは一回こっきりの事じゃないの」

彼女はそう言うと化粧品を一式私に見せた。

「この化粧品であなたは劇的に変われるのよ」

最初はふき取り化粧水でさっと顔を拭く。それから、引き締め化粧水、乳液と塗っていく。

「ワンポイントアドバイスだけど、化粧水はたっぷりと使うこと。仕上げに両手でお顔を包み込むようにして、体温で皮膚の中に栄養を送り込むのよ」

彼女は同意を求めるように私に言った。

どれも、高級品らしく滑らかで、良い香りがする。私の乾燥して干からびた肌が水を吸って潤っていくのが分かった。皮膚が給水して持ち上がっていく。

それが座っている短時間に変わっていくのは神秘的だった。

化粧品を伸ばしていく彼女の指先も魔術師のようだった。さすがプロだ。

化粧水と乳液が馴染んでくると、肌はもっちりとしてきた。

それから彼女は目の前の化粧品の中でも最も高そうな、クリスタルのような容器に入った瓶を取り上げた。

「このクリームはね、美容整形の先生が開発したものだって。皮膚の土台作りなんだ。どんな皮膚でも本当に美しくなれるの」

私は彼女の手の中にある透明な瓶を食い入るように眺めた。

クリスタルの蓋を開けると、彼女はたっぷりと肌色のクリームを指先に取った。

そうして私のおでこと両ほほ、鼻先とあごの先に乗せていった。

そして、手早く、内側から外に向けて丁寧に塗り広げていく。なめらかにそれこそ滑るように。比較的厚塗りにならないようにしているが、確かにひと塗りで傷が目立たないようになった。

「偏光パウダーが入ってるから、光が乱反射して肌がきれいに見えるのよ。しかも肌に良い自然の成分が山ほど入っているから、使う度に肌が美しくなるそうよ」彼女が塗りたての効果を見るように鏡を覗き込み、そして鏡の中の私に微笑んだ。

確かにさっきと打って変わって私の皮膚のゆがみが見えなくなっている。私にとっては信じられないような朗報だった。

「雪ちゃんもこんなの使っているの？」

彼女は両手を大げさにあげた。

「ありえないわ」彼女は瓶の蓋をしっかりと閉めながら私の前に置いた。ライトに当たると透明な光を放っている。

まるで宝石だ。

「これだけで10万円もするの」

感動したと同時に私は激しく落胆した。

私の給料では無理だ。

彼女はそれからファンデーションを薄くはたき、粉白粉を丁寧に叩き込んでくれた。

こうすると私は元の自分に戻ったような気がした。あの事件の前の、若くて美しかった自分に。

それから、アイラインを薄く引き、パープルのアイシャドウを濃いめに塗っていく。濃い紫のマスカラを綺麗にまつ毛に乗せると、まるで私でない女が出現した。

「素敵じゃない？」

同意を求めるように彼女が言った。

「信じられない」私が呟くように言うと、それを聞いて彼女がにっこりした。

「清美さんはいつも私なんかって言っているけど、」彼女は自慢げに鏡の中の私を指さした。

「誰が見ても超別嬪だよ」

不意に私は泣き出した。堰を切ったように涙が流れてくる。

「ちょ、ちょっと待ってよ。泣くのは後にしてくれる？　マスカラが流れちゃうし」

「そうだよね」私はティッシュペーパーを取るとそっと涙を拭いた。

「だけど、泣くなんてひさしぶりだから」

「後でゆっくり泣いてよ」彼女がコットンで涙をぬぐった。

彼女は眉の形を少しカットしてから、こげ茶のアイブロウで眉毛の間を埋めていく。

きりっとした目元が出来上がる。

サーモンピンクの頬紅をはたいて、最後にフューシャの口紅を丁寧に紅筆で塗っていく。

職人技だ。

「見て。サンローランのフューシャはやはり一番ね」

私は鏡の中で彼女に頭を下げた。

彼女は私の首のケープを外し、そうして、髪を留めていたピンを外す。

黒髪が美しく仕上がった顔にかかると、妖艶な表情の一人の女が現れた。

「雪ちゃん、ありがとう。信じられないわ」

「だから言ったじゃん。私はプロだって」

彼女は化粧品一式をボックスに収納した。

私は名残惜し気にそれを眺めていたのだと思う。

雪ちゃんが、

「後でいいことあるから」と、謎のようなことを言った。

「さあ、着替えようよ」

私たちはエプロンを外し始めた。トレーナーを脱いで、デニムを脱ぐと下着だけになる。

そこへ雪ちゃんが私の前に白いレースを差し出した。

「なに?」

「下着一式だよ」

「それも借りたの?」私は出された高級そうなレースを眺めた。

「ううん。買ったのよ。レンタル屋で売ってるの。ドレスに普段の下着じゃだめだし。

ランジェリーだよ」

そうなると、後の支払いが気になったが、ここはもう頑張って今日を乗り切るしかない。

「さっさと着ようよ！」彼女が押し付けるように言った。

私はうなずくと、裸になった。やはり右側に火傷跡が残っていたけど、雪ちゃんは知らん顔をしてくれた。

白いランジェリーは私の気分をさらに高揚させてくれる。

こんなに美しいものに囲まれることが出来るのは、やはり女の特権だろう。

雪ちゃんは自分のメイクもさっさとこなすとドレスをこともなげに着ている。

ついでに私のドレスをカーテンレールから下ろしてテーブルに乗せてくれた。

雪ちゃんがアクセサリーを付けているのを見て、私は思わず声をかけた。

「そのアクセサリー、この前も付けてたよね」

「え？」という風に雪ちゃんが私を見る。不思議そうだった。

「だって、ネックレスの先に大きなターコイズが付いてたよ」

私はドレスのファスナーを下ろすと、片足を入れた。

ドレスはしっかりした縫製で下から上に持ち上げて行くとそのまま人間のボディにフィットしてきた。ストレッチ素材だ。

袖を通してみると、私にぴったりだった。心の底から歓喜のようなものが満ち溢れてくる。

雪ちゃんが近づいてきてファスナーを引き上げてくれた。

「このアクセサリーどこで見た？」彼女が背中で言った。

「この前よ」私は笑いながら彼女に振り向いた。

「ロココハウスの階段を、雪ちゃんが銀色のロングドレスで駆け下りてくるのが見えたの。その時そのネックレスしてたよ」

言ってしまって、私ははっとした。

「ごめん。見たんじゃないのよ。そういう光景が見えたの」

雪ちゃんは、真剣な顔をしていた。凄い、と微かに呟いていた。

「雪ちゃん、ごめんね。余計な事言った？」

私は急に今までの楽しい気分が覚めていくような気がした。

だが、その不可思議な表情は一瞬で、彼女は私に満面の笑みを浮かべた。

「清美さん、入り口の鏡の前に立ってみて」

私は彼女の差し出したラベンダー色のパンプスを履くと入り口まで歩いて行った。入り口横に大きな長い鏡があるのだが、私たち二人は姉妹のように寄り添って立った。鏡に映る私は見知らぬ他人のようにも見えた。鏡の前の私たちは、華やかに見える。

私は本当に彼女に感謝していた。

「ちょっと待って」

彼女は鏡の中の私を見ながら、テーブルの上から、二連の真珠のネックレスを取ってきて私の首に後ろから回して付けてくれた。それから、淡い紫のコサージュを髪に付ける。

「完璧よ！」

彼女が私の背を押した。

静かに会議室のドアを開くと、向こうではキクさんが壇上に立って挨拶をしていた。

彼女もきれいにメイクして。明るいグリーンの柔らかそうなスーツを着ている。

私たちは、そっと出て行ったつもりだったが、皆が振り返ると、思い切りどよめきの声が上がった。

いきなり傍にいた男性が、

「進行係のお姉さんたちだよ。いろいろお世話になった」と、大声で言った。

すると、信じられないぐらい多くの人の拍手に私たちは埋められていった。

キクさんがこっちを振り向いて大げさに驚いたような表情をする。

「彼女たち、私の大好きな友人です」

皆の拍手が一層こだましてきた。

その時私はもう何年も前に、この工場の前で面接に来た日の冷え切った私を思い出していた。

あの頃の私は救いようがなかった。将来に何の希望もなくこの工場の敷地内で茫然と立っていた。私の選択が正しかったのか、それさえも全く自信が持てず、足元が揺らめいて倒れそうになっていた。工場の「若一　製菓・製パン工場」という、半分錆びた看板がその時の私の気分に合っていたような気がする。

しばらくぼんやりと立っていると、話しかけてきた人がいた。

それが、工場長の奥さんだった。

彼女は、小さく会釈すると、私の傍にやって来た。

「よう来て下さいました」奥さんは小さな声でそう言ってくれた。

思えば、私の第一歩だった。

それが、どうしてこんな晴れやかな気持ちになれたのだろう。

こんな日がくるなんて、私にはいまだに信じられなかった。

気が付くと雪ちゃんと、キクさんで3人で抱き合っていた。

キクさんの持っているバラの花束の濃厚な香りに私はめまいがするほどの喜びを感じていた。

私は一人じゃない。

今はそう思えたのだ。

8．またしてもロココハウス

　キクさんの送別会も、あと少しで終わりかけていたので、私たちは最後の段取りを話していた。部屋の中は50人ばかりの人たちがかなりの確率で酔っぱらって訳が分からなくなっていた。

「この後、音楽かけるから、みんなで入り口近くまで二列になって間をキクさんが歩いて行くことになってるわ」雪ちゃんがドリンクの瓶を片隅に片付けながら言った。

「一応部屋の片づけは、明日することになってる」

「今日じゃなくて？」私は取り散らかっているのが気になった。でも、今からでは片付かないだろう。

「この後、みんなそれぞれ行くとこあるみたいで、紙コップとかをごみ袋に入れて置くぐらいで、セットの取り外しは明日男子がやってくれるって。工場休みやから、朝10時ごろから皆集まってくれるみたいよ」雪ちゃんも少し酔っているのか、巻き舌になっていた。

「それは助かるわ」私は半分酔っぱらった女子社員にもたれかかられながら、返事した。

「工場長さんに音頭とってもらう？」雪ちゃんが笑った。

「清美さんが説明してきてよ。あの人、酔っぱらってるから。ほら、あの隅っこ」

私はもたれてきた女子社員をテーブルの前にしっかりと座らせると、ずっと向こうで二、三人と大声でしゃべっている工場長の所へ向かった。

「工場長さん、もうすぐお開きなんですけど、良かったら何か一言お願いしていいですか?」

「ああ俺か」彼は分かったという風に立ち上がった。少しよろけて視点が定まらない。

「いよう清美ちゃん、きれいやなあ」周りにいた男性社員が声をかけてきた。

「ちいとも気いつかんかったわ。どこの女優かと思たわ」

「俺も。びっくりしたわ」もう一人が手を握ってきた。「清美ちゃんがこんな感じやなんて。惜しいことしたわ」

「一度、デートしような」

「ありがとうございます」

私は雪ちゃんのお蔭だなあと、感謝していた。今日のシンデレラは、化粧とドレスを取ってしまえば、元のネズミに戻るのだ。

やがてキクさんが工場長に呼ばれて舞台に立った。私と雪ちゃんはみんなに並んで両手でトンネルを作ってほしいと言った。

みんなは言う通りに舞台袖から、入り口まで並んでくれた。

「キクさんのこれからの門出を祝して!」

工場長が大きな声で音頭を取ると、音楽進行係の恵美ちゃんがキクさんの好きなユーミンの音楽をかけた。

外に出たところで花束係が3人ほどいて、みんなの用意した花束を渡してくれるようになっていた。

その後は武君が家まで車で送り届ける役割だったが、真っ直ぐ帰れそうにもない雰囲気だった。

それほどこのパーティーが盛り上がったということで、それこそ私たちの企画が成功したことになるだろう。今にして思えば、入って5年ぐらいしかたってない私にそんな大役を任せてくれたみんなにも感謝している。

キクさんもほとんど泣きっぱなしで、みんなのトンネルをくぐりながら、それぞれにありがとうを言っていた。

私も、大盛会だったこのパーティーにとりわけ思い入れがあったので、入り口近くで雪ちゃんと彼女を待ちながら二人で泣いていた。

それにしても、彼女がいなくなったら本当につまらなくなると思ったのも確かだ。

私はキクさんが入り口付近へやってくると、雪ちゃんと囲い込んで外に待っている花束係の所へ連れて行った。

「あらまあ」

キクさんの弾んだ声がする。彼女の顔が見えないくらいに花が贈られていた。

それから、キクさんは拍手する皆に取り囲まれて見えなくなった。

「キクさん、花、持ったるわ」と、運転手役の武君が声をかけている。

中でトンネルを作っていた人たちも一人また一人と拍手しながら出てきた。

その時ポンと肩をたたくので、振り向くと、雪ちゃんが中へ入ろうと合図していた。彼女は素面だった。

私たちは人込みをかき分けると、中の方へ進んでいった。

「今日はありがとうな」工場長さんと、係長さんが私たちに声をかけてくれた。

二人とも、入ってすぐの半年余りはあまり出歩きもせず、引きこもって本ばかり読んでいる私をよく気にかけてくれていた。

レクレーションで登山とかもあるよ、と、言ってくれたりもしていた。

キクさんに占いを習い始めたのを喜んでくれていた。

「工場長さんが、みんなが出たら、ここ閉めるって言ってるから、ちょっとだけ片付けとこうよ」

雪ちゃんは、中へ入ると下に散乱している紙コップとか拾ってごみ袋へ入れた。

「雪ちゃん、今日は本当にありがとう」私はまた涙目になっていた。

彼女は床に落ちた、私たちが作ったポンポンの赤や黄色の花を無造作にごみ袋に突っ込んだ。

「本当は、ここに呼んだのはあなたに話があるからなんよ」

「そうなの？」私はドレス代の事かと思った。

「ここ閉められちゃったら私たちの私物取りにこられないから、会議室に行こう」雪ちゃんはアップにした髪を触りながら会議室の方へ歩いて行った。

パーティーの後のひっそりとした感じは、少しの高揚感を私に与えていた。

皆が二次会に行くのも分かる気がする。

ハイテンションなままで家に帰るのが惜しくなる。

特に今日みたいにドレスアップするとそのまま帰るのがもったいないのだ。

「荷物持ったら、いったん寮へ帰るから」彼女は気をきかせて持ってきてくれた台車の上に、私たちの持ってきた荷物をさっさと載せた。

「帰ったらドレス返すね」私は台車を押して歩き出した雪ちゃんについて行った。

工場長の山田さんが真っ赤な顔で鍵の束を持って入ってきた。

「やあ君たち今日は本当にご苦労だった」

「とんでもないです」雪ちゃんが明るい声で言った。

「キクさんには私たち、お世話になりっぱなしだったから」

「それにしても、こんなに立派な会場にしてくれて」工場長さんがまた言ってくれたので、私は泣きそうになった。

「それにしても、君たちきれいだよ。みんながびっくりしていた。雪ちゃんはいつもおしゃれやからわかるけど、清美さん、品があって流石やってみんなが言ってたよ」工場長さんが感慨深げに言った。

「明日10時にお片付けの手伝いに来ます」

「いや、ここまでやってくれたからって、後は何人か有志で片付けてくれるらしいよ」山田さんは手を振った。

「そうだ、みんな近くの与謝野屋で飲み直すって言ってるけど、来るかい？」

私が何か言う前に雪ちゃんが、

「一度寮へ帰りたいんで、今日は遠慮しときます」と、言った。

「そうか、じゃあ」彼はそう言うと、会場の中へ入って行った。多分電気系統の点検だろう。

私たちも外に出た。

まだ立ち話している人たちがあちこちに見えた。

「ご苦労さん」と声がかかると、雪ちゃんは大きく手を振った。

私たちは寮へ続く通路を足早に進んでいく。

彼女と仲良くなったのは、ほんの半年ばかりだが、見た目派手な彼女が意外にしっかりしているのは、目を見張るべきものがあった。

やっていることに無駄がないのだ。

多分頼るべきものがいないのが、彼女をそうさせているのだろう。

雪ちゃんは先に自分の部屋の前で荷物を放り込むと、手押し車を押して私の部屋の前にやって来た。

　私がカギを開けると、

「ちょっと入っていい？」と、彼女が私に私物の入ったポリ袋を渡しながら言った。気になったのは、彼女があの立派なメイクボックスを持ち込んだことだ。

「そのボックスどうするの？」私が彼女に聞いた。

「あのね」雪ちゃんが両手でしっかり持ちながら私に笑いかけた。

「このボックス、清美さんもらってくれないかな？」

「ええ？」私は驚いて彼女を見返した。

「嫌じゃない？」雪ちゃんが私の顔を覗き込んだ。

「重たいからここに置いとく」

「嫌じゃないけど。もらうって、月々月賦でも、払えそうにないけど」私がそう言うと彼女はぷっと噴き出した。

「何言ってるのよ。プレゼント！」

「ええ？　なんで？」私は訳が分からなかった。もらういわれが無いし、第一総額数十万円はくだらないだろう。

「実はね、このボックス、ロココハウスの女の子たちの愛用品なの。この前言ったオパールってクラブのママさんが清美先生にって中身は選んでくれたのよ」

「ふううん」私は解せない思いの方が強かった。

「プレゼントって、誰からの？」

「それはまあ内緒。清美さんのファンだって」

私は雪ちゃんの顔をまじまじと見つめた。

「訳が分からないわ」

清美ちゃんが唇の上に指を当てた。

「ついでに今日の衣装代と下着代もセットでプレゼントしてくれるそうよ」彼女は両手を上にあげた。

「私のぶんも出してくれたから、助かるわ」

私はもう一度メイクボックスを見返した。もらえたら助かるし、自分では買えないものだ。でも、いわれのないものはどうなんだろう。

「一応預かっておくわ」私はそうとしか言えなかった。

「ヤッホー！」雪ちゃんが大声を出した。

「じゃあさ、お礼ついでに、ロココハウスへ行こうよ！」

「え？　与謝野屋じゃなくって？」

「あっちはいいよ」彼女は私の手を引いた。「どうせ、みんなグダグダで誰がいるのかわからないって」それからドレスの裾を引っ張ると、

「このまま行こう」と言った。

「このドレスで？」

「うす！」彼女が気合いを入れて叫ぶ。

「ちょっと清美さんメイク直したるわ！」

彼女は早速メイクボックスの方へ歩いて行った。

外に出ると、もう工場の人たちはいなくって、さらにいつ呼んだのか例の運転手が手袋の手を前で揃えて待っていた。

「ありがとう！　待たせたわね！」雪ちゃんが言うと、

「とんでもございません。お二人とも今日は一段とお美しい」

と、彼がお世辞を言った。

「ありがと。みんなに言ってると思うけど」雪ちゃんがきゃっと笑った。

「とんでもございません。わたくしは嘘の吐けないたちで」

「きゃあ。それもみんなに言ってるよ」

彼は気取った歩き方で私たちを先導していく。

そして、目立たないところに止めてあった、メタリックグレーのクラウンの傍に立つとドアを開けた。

雪ちゃんは今日はドレスなので、前のようには飛び込まず、おしとやかに乗り込む。

私もドレスの裾をつまんで乗り込んだ。

「清美さんそのドレスほんま似合うわ。私のセレクトは確かやね」と言った。

「ありがとう」私も実感を込めて言った。

「実はね、ドレスもオパールのママと一緒に選んだんよ」雪ちゃんはそう言う。

えらい仲の良い関係なんだ。私には腑に落ちない。

何せ、彼女はまだ22歳ぐらいだし、ロココハウスはもうちょっと年配の人が、特に男性が行くところのようだ。ドンペリとか普通に置いてたから、安い店なわけがなかった。

彼女の給料ではとても賄えないはずだ。

なんだかこの子怪しい子なのか、そうでないのか。

私が黙り込んだので、雪ちゃんはちらっと私を見てから、少し咳払いすると、

「実はお父ちゃんやねん」と言った。

私は彼女の顔を見る。

「だから実はお父ちゃんやねん」

彼女がもう一度言った。

「お父ちゃんて、誰が？」

「だからオパールのママ」

雪ちゃんの小さな声と私の貧弱な思考回路がなかなか繋がらなかった。

だが、カチッとハマった時、次の瞬間私は、えー！　と絶叫した。

多分、車の外まで聞こえるぐらい。

「ええ、そうなの？」

「お父さん、離婚して出て行ったって言ったでしょう？　実は、まあそういう方向に行っ

ちゃったから、離婚せざるを得なかったんだって」雪ちゃんはケロッと言った。

「あの時、お母ちゃんは怒る気もせえへんて言うとったなあ」

そういう方向って、……。そうか、大変なんだ。この子も。

「まあ、悪い人じゃなかったから、母親は認めざるをえなかったんじゃない？　養育費も払ってくれるって言ってたし」

雪ちゃんが私も苦労してるんだからと、言った。

「お母ちゃんは次々男変えるし、私が中学校になったら、男が手を出してきて、母親とけんかになったときに、お父ちゃんの方へ行ったんだ。しばらく同居してた」

「まあ、雪ちゃんは、ロココハウスのアイドル的な存在ですよ」運転手はなぜか笑い転げながらそう言った。

よほど私の反応が可笑しかったのだろう。

やがて、車はロココハウスの階段の下で止まった。

「ごゆっくり！」彼が私たちの後ろ姿に声をかけた。

私と雪ちゃんは同時に手を振った。なんか、物事の仕組みが分かるっていう事は、安心感を生むもののようだ。さっきより落ち着いた気分になっていた。

騙されているとかそういうことでないのがわかると、私は安心してこの階段を上がれた。

「この建物って、ずいぶん前からあるの？」

「よく知らんけど、もう50年ぐらいは経っているみたいやで」彼女はにっこりした。

「最初は駅前のホテルやったみたいやけど」

なるほど、そう言われるとホテルっぽい。

「改装やら、なんやらで借金はあるけど、今は、20軒ぐらい店が入ってるから、まあ経営はとんとんやな」

「へえ、ママがオーナー?」

多分私はこの辺が聞きたかった。

「半分は、そうだけど、この前の水島さんが共同経営者」

ふうん。水島って誰だっけ。私は記憶をたどった。

「ああ、名前言わなかったけど、占い頼んできたあの渋いイケメンのこと」

なるほど、あのちょっと悪そうな人ね。

あの人もあの時、封筒に一万円入れてくれていた。

私の占いに初めてお金をくれた人だ。

「あの後、水島会長あの子のお蔭で助かったって言ってたわ。命拾いしたって。確かに銀杏の木の陰に隠れてたそうよ」

そうなんだ。やはりあの映像は本物だったんだ。何故か、すうーっと寒気が襲ってきた。

「それにさあ、私がロココハウスの階段を銀色のロングドレスで下りてくるって言ってたじゃん?」

「うん。見えたもの」

「あれって、本当の光景だよ。私銀色の細身のドレス持ってるし、少し前にターコイズのアクセサリー付けてお披露目パーティーに出てた」

私たちは階段の上まで来ていた。

「じゃあ」私は彼女を見た。

「うん。本当の光景だよ。あの時本当にびびったもの。清美さんって本物やなって」

私たちはエレベーターに乗ると、５階のボタンを押した。

ロココハウスは今日も盛況だった。

入り口の外まで笑い声が溢れていた。そうこうしていると、ドアがぎいーっと重厚な音を立てて開くと、入り口から、酔っ払いとお姉さんたちが雪崩れ出てきた。真っ赤な顔をした紳士たちと、色鮮やかなお姉さまたちの華やぐ声がした。

「またきてねえ」彼女？　たちが叫ぶとお客さんが手を派手に振った。

「今度、一緒にトイレに行こう！」断固として、お客さんが言い張る。

「やあだ！　来年おいで！」着物姿のお姉さんが彼のお尻をたたいた。ヒェッヒェッというような、何ともつかぬ囃子声がこだました。

入り口で雪ちゃんが、

「ママ呼んで」と言うと、

「マーマー、お嬢が来てるよ！」ひときわがらがら声のお姉さまが満面の笑みで中に向かって叫ぶ。

すぐにママが出てきた。

私たちの姿を見ると、

「あらあ、どこの女優さんかと思ったわ」と、大声を出した。

「ねえ？　きれいでしょう？」雪ちゃんが自慢する。

「雪ちゃんのお蔭です」私はママに挨拶した。

「あの、メイク用品ありがとうございます」

私が言うと、ママは手を振って、

「お礼言うなら、水島さんに言って。彼が出資したんやから」と、言った。

「そやけど、セレクトは、私と雪どす」と、付け加える。

それから、

「じゃあ、奥のお部屋にお通しして」と、雪ちゃんに指示する。

「オッケー！」彼女はそう言うと私の手を取ってこの前の部屋に招いた。

店内は、いつも通り濃密な空気の中で、お客とホステスたちが、歓談している。目にも鮮やかな色彩のオンパレードだ。

高級感のある店内は、満席だった。

雪ちゃんは、奥の部屋のドアをノックすると、すぐに中からドアが開いた。

中ではこの前の男たちがホステスに囲まれて談笑している。

私に気が付くと彼は、

「よう先生」と例の低音で声をかけてくる。手で前に座るように招いてきた。

「こんばんは」私は座りながら挨拶した。

「ほう？　今日はまた一段ときれいやな」

彼はそう言うと、

「シャンパンがいいか？」と言った。

「いえ、あまり飲まないのでビールで」そう言ってから、両手を合わせて、

「化粧品とか、ドレス、いろいろご配慮ありがとうございます」

私はそう言って深々と頭を下げた。

彼は、いやいやと言う風に手を振ると、

「まあ先生この前はどうも」とさらに重低音で頭を下げた。

「おかげさんで、助かりましたわ」彼はじっとこちらを見つめる。

「ほんま、命拾いしたとはこのことやな。そやけど、あんたの能力はすごいでんなあ」

「でも」と私が言った。

「そうかといって、自分で自由自在に操れるものではないんです。急に、パッと浮かぶので」

ママがビールを持って入ってきた。水島氏が少し手で合図する。

するとホステスたちが潮が引くように出て行った。

「先生は本物なんですな」

彼は考えるようにゆっくりと言った。

「少々揉め事があったんで、助かりましたわ。後片付けが少々時間かかりましてな。最近まで忙しかったんで、お礼が遅れて申し訳ない」

私は静かに頭を下げた。

「そやけどあんたはよくものが見えるんですなあ」彼は再び私をじっと見た。今日は、濃紺の仕立ての良いスーツを着ていた。深海の色を思わせる光沢のあるブルーのネクタイをしている。

「キクさんが当たるって言うんで、いつも彼女に見てもらっていたんだが」

そう言うと部屋の中に静寂の時間が流れた。ママも雪ちゃんも黙って立っている。

「出来たら、これからあんたに占いを頼みたい」

私は何と言っていいか分からなかった。

キクさんのお客を取ってしまうのは、どんなものだろうか。

私が考えてるのを見て、彼は、

「わしの仕事はまあ命をかけることも多い。だから、お守り代わりにいつも大事な時には占い師をたのんでいた。ここ10年ぐらいはキクさんだった」と言った。

「だが、この前の時点で、あんたに命を救われたことになる。それなら、あんたに頼んでみようと思ってもしょうがないいんじゃないかな?」

彼はぐっと身を乗り出してきた。

私は彼の眼力に気押されそうになったが、黙っていた。

「わしの占い師になってくれたら、それなりの金額は払うつもりや」

彼が静かに言うことを私は黙って聞いていた。返事のしようがなかったのだ。

雪ちゃんが心配そうに見ている。私があまり黙っているので、

「親分が言ってるんやから、何とか言わんかい！」後ろに座っていた子分がしびれを切らして言った。

水島が「黙っとれ」と重低音で制した。

「私は占うのが嫌とか言っているのではありません」私はやっと返事した。絞り出すような声だった。

それを聞くと、彼は手下にあごで合図した。

手下が後ろから彼の前まで来て、分厚い封筒を渡した。

彼は私の前にその封筒を差し出した。

「⁇」私はその封筒を見つめ、それから彼を見上げた。

「これは何ですか？」

「金や、この前の礼金やが、足りなければ言ってくれ」

そういうことか。

「断ります！」私は封筒を彼の前に押し返した。いきなり手下がこっちへ向かってくると、私ののど元に手をかけようとした。

「この姉ちゃん、なめとったらあかんど」

「やめとけ！」彼が低い声で怒鳴った。割れるような声だ。慌てて手下が手を引く。ママと、雪ちゃんが飛び上がるのが分かった。二人で手を握り合っている。

私は黙ったまま彼をにらみ返した。

「そんな風にして、脅すんですね」

私は自分でも驚くような低い声で言い返した。

「なんだと」彼が地獄の底からのような低い声で呟いた。なめるように私を見ている。

私はもう一度椅子に座り直すと、彼に向かってゆっくり微笑んだ。

「私は、さっきから占うとか占わないとか、言ってません」

「じゃあやってくれるのか？」

「だから、必要なときは呼んで下されば、この前みたいに占います」それから、

「基本、私に占ってほしい方は皆お客さんです。それこそ水商売の方でも、たとえ議員さんやお医者さんでもお値段は一緒です」と言った。

「あと、水島様でしたっけ、あなただって私なんかを大金はたいて雇う必要はないですよ。この前は偶然あのような光景が見えたんですけれども、見えたら見えたでその人に言いますから」

彼は私の顔をじっと見ていた。

「第一占ってほしい時なんて、そうそうあるもんではないでしょう？　おかかえにしたら、

もったいないですよ」

　と言ってから、彼の稼業なら、この先も度々あるのかもしれないとふと思った。

「私、どんな職業の方でも差別しませんから」

　この最後の言葉が彼に響いたようだ。彼は低く地を這うような笑い方をした。険しかった視線も少し和らいでいた。

「先生は一流大学を出て、雪ちゃんと同じ仕事しとるんやてなあ」

　彼は静かに言った。

「私にも事情があるんです」

　私は遠くを見る目になった。

　雪ちゃんが私の傍へ寄ってきた。

「水島さん。まだ不思議なことがあるの」

　彼は雪ちゃんを見ると。にっこり笑った。たぶん、可愛がっているのだろう。

「あのね、私が水島さんとこのパーティーのホステスを前に、やったでしょう？　その時の服装と、アクセサリーを先生が言い当てたの。ロココハウスの階段を銀色のロングドレスを着てターコイズのアクセサリーを付けて、駆け下りてくるのが見えるって」

「ほう？」

「パーティーのことも知らないのに」雪ちゃんが大きく手を挙げた。

「キク先生が前に言ってたことがあるの。清美先生には心眼があるって」

「しんがん？」なんだそれという風に彼が言った。少し面食らった顔をしている。

「心の眼って書くらしいけど。どうも、本物の占い師が持っているものらしい。キク先生もあんな人は初めて見たって言ってたわ！　占い師って、本物の人は少ないんだけど、あの人にはそれがあるって。多分、人生で運命的な事とか、死にかけたことがある人がそうなることがあるって」

雪ちゃんがそう言うと、ママや、水島さんの視線がこちらに集中しているのがよく分かった。

私は、少しの間目をつぶって呼吸を整えた。

自分の中で、今の状況を整理していた。自分のこれまでのことを黙っているのは難しい。

この人たちの世界へ入り込むには、黙っておくわけにはいかないだろう。

そして、ゆっくりと目を開けると、

「ここにいる方たちだけに聞いてもらいたいことがあります」

と、宣言した。

「大事なことなんです」

「いきなりなんや」彼は砕けた調子で言った。いつでも占うと言ったので安心したのかもしれない。

「聞いてもらいたいのは私の過去の事です」

それを聞くと、

「言いたくなかったら、無理して言わんでも、この連中は気にせんがなあ」と彼が言った。

考え深そうな、情の深そうな声に私は、

「私がはっきりさせたいんです」と、言った。

そうすると、水島は部下に、

「お前は外で見張っとけ」と、言った。その男は少し頭を下げると黙って出て行った。

そこで私は、雪ちゃんとママにも座ってもらい、今まで大阪へ出て誰にも話したことのない自分の過去を1時間ぐらいかけてみんなに話した。

それは、どうしても彼らに知っておいてもらわなければいけないと思ったからだ。

私のしてしまったことがどんなことか、どんなにみんなを傷付けたか。家族を失望させたか。

そして、失ったものがどんなに大きかったか。

言ってるうちに、私は涙がとめどなくこぼれてきたが、もうメイクが落ちるのも気にならなかった。

そう、私の価値を見出してくれたこの人々に初めて分かってもらおうとしたのかもしれない。

話しているうちに、雪ちゃんが私の手をしっかりと握りしめてきた。彼女は私に寄り添って泣き始めた。

「清美さん、かわいそう」

そして、ママはティッシュペーパーを横に置いて、鼻をかみ始めた。

水島さんはと言うと、途中から下を向いてしまって。顔を上げないのでよく分からなかった。


私が話し終えると、その場はしばらく沈黙が訪れた。

その時、誰かが勢いよくドアをノックした。

ママが出て行く。

雪ちゃんがもう一度、

「清美さんかわいそうに」と言った。

水島さんは、顔を上げると、

「その男、しめたらなあかんなあ」と言った。

本当にやりそうなので、「それはやめて下さい」と言った。

彼は少しいたずらっぽそうに笑った。笑うと、意外に可愛い顔になった。

「やるかい。そんな、根性なしに」

私は全部吐き出してしまうと、本当にすっきりした気分になった。

「私、あの時死ぬつもりだったと思うんです。だから、あの物凄い火災の中で、落ちてきた柱で体が焼けてただれて、それを跳ね返して立ち上がって二階の屋根から、落ちていった時に、人間が変わったのかもしれません」

私はふと、左手で傷跡を触っていた。


水島さんは、ソファの後ろに手を伸ばしていたが、もう一度私を見つめた。今度は値踏みするような目線だった。

「あんた、まあ、今の仕事もええけど、どや、商売の話せえへんか？」

彼は両足を組み替えた。

「ここであんたが言ったことは、外には出えへん。皆、口は堅いわな」

彼はちょっと考えながら言った。顎に手を当てる。

「そやけど、わしにとっては、あんたは貴重な人間や。唯一無二の才能がある。あんたに命を救われたも同然や。おまけに、一流大学も出とるし、見た目も別嬪やし、充分商品価値があるってもんだ」

それからもう一度にやっとした。

「それにどや、いい根性しとるやないか。わしは気に入ったな」

雪ちゃんが水島氏の前に小指を出した。

「へえ、清美さんに惚れたってこと?」

「まあ、そうともいえるけど、ここは商売や。あんたと、交渉がしたい」

私は彼の話術に引き込まれたのかもしれない。しっかりと彼の目を覗き込んだ。

「交渉と言いますと?」

「あんた、美容整形って知ってるやろ?」

もちろん知っていた。私が大阪へ出たのも手術を受けたかったからだ。ただ、今のままでは、何年先になるかめどが立たなかった。

この手術をするとしたら、総額500万円は下らないと思う。

それだけの金は用意出来そうにもなかった。

「私はそれも目的で大阪へ出たんです。でも、節約して働いても50万もたまらなくて」

「わしは水商売とか、風俗の女たちを扱っとる。あの女たちには、美しさが武器になる。だから、美容整形の医者が必要になる。オパールのいわゆるおねえちゃんたちも整形はするんでな」

彼は胸元から名刺入れを出すと私に渡した。

「そこへ電話して予約取るんや。宣伝はしとらんが、多分その道では超一流や。扱う件数が桁違いやからな。火傷の跡は、多分皮膚の移植とかも必要だろうから、手術も一回では終わらん。多分最後までやったら、2年ぐらいはかかるやろ。そやけど、土台がもともと美人やから、治ったらすごいことになる」

「？」すごい事って？

「美人で一流大学出の本物の占い師ってことで、東京や大阪の高級店でわしが売り出したる。すぐ整形代金ぐらい稼げるで」

「でも、今は出来ないから」私は口ごもった。

「だから、ここ2年ぐらいで手術をしろ。金はわしが立て替える」

だが、そうなると、ただでおごってもらうことになる。

「あの、それ、うれしいんですけど、もし良かったら、手術しながら、あなたのお店の女の子たちやお客さんの占いを一回３０００円でいいから、やらしていただけませんか？そのお金で少しでも返していきたいので。それに、私も貯金が55万ぐらいあるから、それをお預けします」

彼は面白そうに私を見た。

「自分で稼ぎたい奴やなあ」

「工場はまだ続けるとしても、５時以降なら毎日でもここに来れるし、定休日があるからその日は朝から予約取れます」

「あんたは、面白いやつや」彼はすっかり気に入ったようだった。

「明日から、オパールの客に宣伝しとくわ」雪ちゃんが手を打った。

「そうや、信太山に遊郭あるんやけど、前から占い師紹介してと言われてるから、行ってくれるか？　キクさんはその手の客はとらんから。その代わり、一人、一万は取れるで」

彼は手帳をひろげていろいろ書き込んでいた。

「もちろん行きますよ」私は仕事が出来たので、嬉しくて小躍りしそうだった。

美容整形の先生には月曜にすぐ電話してみるつもりだった。

「これで前に進めます」私は彼に手を合わせた。

「いやいや。あんたには、命救ってもろうたからなあ」

彼はそう言って自分の名刺をくれた。

「いつでも電話してき。夜中でも大丈夫や」

ママが帰ってきた。雪ちゃんが走ってママに駆け寄る。

「商談成立だよ！」

こうして、私たちは仲間になった。

9．信太山の遊郭

私は、あれからすぐに彼に紹介された美容整形の医者の所へ電話して予約した。3日後には事前相談とのことで大阪の梅田まで出かけた。

火傷跡は右半身のいろんなところにあったので、医師は少なくとも大きな手術が3回か、経過次第では4～5回は必要であること、その合間に注射とかいろいろな処置が必要なことも説明してくれた。

やはり安く見積もっても、トータル400万ぐらいはかかりそうだった。

帰ってきてから、すぐに水島さんに連絡をとって、オパールで会った。

その時に自分で貯めた55万円も持って行って、彼に渡した。

彼は、それを受け取ると、

「ほな、これを手付金にしとこう」と言って、

「後で領収書いてくるわ」と、言った。

「最初の手術はいつかな」

「5月の連休中にやってくれるそうです」

「そうか」彼は手帳に書き込んだ。

「今の仕事はしばらくやるんだろう？」

「とりあえず、どうなるかわからないので、占いと両方で生活します」

「仕事がきついかもしれんなあ」彼は心配そうに言った。

「あんたは、自分の事は自分でするタイプみたいやから、まあせいぜい頑張るんやな」

彼はそう言ってから、今後の仕事の段取りを指示してきた。

普段の日はロココクラブの応接間で占うことにした。夕方から出ることにして、占いの仕事があるときは、前の日までに時間を連絡すると言った。用事があるときだけ来たらええがなというのが、水島さんの意見だった。

それから、休みが週に2日あるので、その日は予約状況次第では朝から信太山まで行くことにした。

遊郭の一部屋を提供してくれているので、そこで占いをすることになる。

私は最初あんまり期待していなかったのだが、占いの仕事は順調に増えていった。

それは、私にとっては信じられないような嬉しいことだった。

そのうちに工場の収入を上回るようになり、占いの仕事も大変になってきたら、いずれは工場の仕事を辞めることにしていた。

本当に辞めたのは、その後半年以上経ってからだった。きっかけは、一本の電話だった。

ある日工場長さんに呼ばれて執務室へ行くと、

「小林和夫さんていう人から電話があってね」と、切り出された。

私の体に電流が走った。

「小林清美という従業員がいないか、聞かれてね」

彼は両肘をテーブルについて私を見た。

「高知の家を出て5年ぐらい行方がわからなかったんだけど、この近所で知り合いの看護師さんが出会ったらしいんだ。工場の仕事をしてると言っていたと言うので、この辺りをしらみつぶしに探していると言っていた。この辺りの工場はいっぱいあるし、従業員のことは教えてくれないところが多いと言っといたけど」

私は唇をかみしめた。

「私も従業員が多いから調べてみないとわからないとは言っておいたけど、たまには家に帰ってあげたら？　君のことやから、なんか理由があるんだろうけどね」彼はそう言った。

私は黙って頭を下げた。

やはり、あの看護師さんが連絡したのだろう。いずれはこんなこともあろうかと思っていた。

あの時和夫は結婚前だった。私は彼らに邪魔にならないように出たつもりだった。

あの子のことを考えると、胸が痛かった。子供の頃は、いつも私に付きまとっていたからだ。可愛い弟だった。不意に、会いたいという胸の底からの思いがこみ上げてきた。

キクさんからご先祖様をおろそかにすると良い占いができないよ。と言われたので、去年ぐらいから、春分の日か、秋分の日に高知へ帰って墓参りをすることに決めていた。夜中にバスで帰って、タクシーで墓まで行ってから、とんぼ返りに大阪へ帰ってきた。

もちろん、うちの家族に遭遇しないよう十分注意していた。

いつか和夫にも、こちらの生活が落ち着いたら、連絡してみようと思っていた。

でも、彼に会えるのは、もう少し先のような気がしていた。

四国を離れて、そしてまた帰ってみると、やはり心の底から懐かしさがこみあげてくる。

いつか、スカーフを巻いて、サングラスをすることなく、高知を訪れたい。

ロココクラブに出入りするようになってから、その希望が実際形になっていった。

あと、2年ぐらいしたら、そのぐらい頑張ったら、家族に恥ずかしくなく会うことができるかもしれなかった。

今の私は、その日を楽しみにしようと頑張ることにした。

和夫から、また電話がかかってきた時、工場長さんにどうする？　と、聞かれた。

その頃には、あちこちで和夫が聞いて回っているという話が聞こえてきていた。

工場長も、

「こっちが守秘義務と言っても、従業員に聞かれたらなんとも言えないからね」と言っていた。

彼女に会った店がここから歩いて行けるところだったので、焦点を定めれば、ほぼこの工場周辺しかない。見つけ出すのは時間の問題かもしれなかった。

私は「辞めたくないけど、みんなに迷惑かかるから、辞めます」と、言った。

彼は私が副業を持っているのを知っていたので、残念やなと、言ってくれたがあえて引き止めなかった。

「長い間ありがとうございました」そう言うと、人の好い彼は少し涙ぐんだ。

多分、引き止められないのを知っていたのだろう。

私は、キクさんがボランティアで占いに来てくれていたので、私もボランティアでお伺いしますと、言った。

「それは楽しみやなあ」彼は頷いた。

「もしよかったら、勤めていたけど、辞めたと、言っておいて下さい。どこへ行ったかはみんな知らないと言ってもらえれば、うれしいです。いずれ、私から連絡します」と、言った。

私の足跡が分かったら、少し安心してくれるかもと、思ったのだ。

確かに和夫はわざわざやってきて、私のことを聞いて帰って行ったらしい。

会いたかったけど、まだその段階ではなかった。

あと少しだからと、私は思った。あと少しで、胸を張って高知へ帰ることができるだろう。

今は、それが私の希望になっていた。

その頃、小林家に一枚だけ絵ハガキを送った。住所は未記入で。投函するのも、水島さんに頼んで、ＪＲ大阪駅から送ってもらった。

そして、工場を辞めて占いに集中してた頃、篠山の妻が訪ねてきたのだ。

私の弟が会いに来たので、行方をわざわざ探し出してくれたようだった。

思えば、あの事故の後、周辺の誰もが混乱していた。あの状況なら当たり前のことだろう。

私は激しい失意を感じていた。あの男に感じていた自分の気持ちの整理がつかなかった。

初めのうちは激しいショックに打ちのめされて何も考えられなかった。

そして混乱したまま、入院し、退院後は自宅で逼塞していた。

気の小さい親はどうしていいのかわからなかったんだと思う。私を閉じ込めれば、すべてがうまくいくとは思えないが、多分人のうわさも何とかということわざを期待したのだろう。

母は、もうまともな人生を歩めないというような、古風な考えにおびえていた。

父は相手の親とも話し合いを拒否したあげく、お前の撒いた種だからという結論になったようだった。

和夫はもう社会人になっていたので、事件を知って私をかばってくれていた。

親に会うのは、難しいかもしれないけれど、和夫なら素直に会える気がしていた。

ただ、友達にうっかり電話した時も、その後も親や和夫が私を探しているのはうっすらとは知っていた。

ただ、そこで戻ってしまえば元の木阿弥だったと思う。いずれ私は精神的に死んでしまう。

今の私があるのは、それなりの苦労を私があえて受け入れたからだろう。

地の底を這うようなそういう生活を我慢していくうちに、私は色々な人々の暮らしぶりを見たり、彼らとの交流をすることで、自分の失敗を受け入れることが出来るようになっていた。人生にはいろいろな試練があるのだと、そう思えるようになった。

私は、信太山までJR阪和線の電車に乗って通っていた。

工場を辞めてから、オパールのママの紹介で、すぐ近くのマンションに入居した。

水島さんは「もっとええとこあるで」と言ってくれたが、私的には整形手術のお金をすべて返せてからが私の人生だと思っていた。ママの紹介なので敷金なしの毎月5万円ぐらいで住めた。前のホステスが残していった家電があったので、何も買わずにそのまま入居出来た。

それでも、工場の寮に比べたら、バストイレ付きで超高級だった。

工場の方が良かったのは、朝昼晩の食事が出たことだった。

炊き出しの煙の間から見える厨房の高橋さんたちの笑顔が見えないのはちょっと寂しかった。彼女は私が顔を隠しているのを気の毒がって、朝パンしか食べなかったりすると、帰りにおにぎりを作って持ってきてくれた。この前ボランティアで占いに行った時に、みんなにシュークリームを大量に買って持って行った。

「清美ちゃん、出世したやん」高橋さんが満面の笑みで迎えてくれた。

キクさんは駅前で占いの館「イマージュ」をやっている。何と、雪ちゃんが店の名前を付けたそうだ。

キクさんは水島さんから占い師の変更を伝えられると、あっさりと、

「それはそうだわ」と言って認めてくれた。

「清美さんには、これからも私もお付き合い願いたいし」

何やかやで退職から2ヶ月遅れての開店だった。

息子さんが建築の職人なのでリフォームもきれいにやってくれていた。

キクさんは最初私をパートで雇うつもりでいたようだが、水島さんとの話し合いでちゃんと私のことをあきらめてくれた。それでも、私も時間が空いているときは、手伝いに行くつもりだった。

良いことには、息子さんが占いに興味をもったようで、少しずつ教えていっているようだ。

キクさんの所には、工場の人たちがよく訪ねて行っていると聞いていた。

私と雪ちゃんも最初のうち、暇が出来るとキクさんの所へ手伝いに行っていた。

「私の送別会は歴史に残るいいパーティーだったって、工場長さんが言ってたよ」

キクさんの占いの館の奥に、パーティーに来た全員で写した写真をパネルにして誇らしげに掛けている。

中央のキクさんの両側に私と雪ちゃんが写っている。

これを見ると、本当に甘酸っぱい気分になれた。


私はJRに乗って、信太山の駅に着くと、降りてすぐにある大阪では有名なスーパー玉出で買い物をした。

いつもおにぎりを買うのだが、驚くことに一個58円だった。

お菓子なんかも多分、激安だった。

いつも私は、おにぎりを3個買ってこれで占いの最終まで頑張った。お茶は自分のポットに入れて持ち歩いていた。

だいたい、予約にもよるけど、朝早くはあのあたりの人間は寝ているので、10時頃までに着くようにしていた。着くと、時間までお気に入りのソファで寝てしまう。

占いが舌先三寸だと言う人は、分からないと思うけど、一人占う度になんか老けた気がする。

そして、一日7人ぐらい見ていると、どっと疲れていた。

出来たら、5人までにしたかったが、最近予約が増えていた。

たまに重たい人の話を聞いていると、とりつかれたように疲弊している。最初どうしていいか分からなかったが、そのうち温泉などに行って長い間浸かって放出するようにしていた。そうすると、毛穴から悪い気が出て行くような気分だった。

今日の朝は、敏子もめんどくさそうに新聞を読んで、

「先生おはよう！」と、眼鏡越しに挨拶した。

この時間帯は、下手すると上から下りてきたお兄さんと遭遇してしまう。

ガウンを羽織った、半裸のマキちゃんが見送りに出たりする事も、ままあった。

「あーら先生、早いんですね！」

彼女が変に色っぽい声で私に声をかける。まとめ髪が少し乱れて顔やうなじにかかっている。安物の着物みたいな派手なガウンがひらめいている。白い肌が上気していた。

私は彼女に手を振ると、すぐに部屋に入った。

遊郭の雰囲気は、おかしいかもしれないけれど、占いとは合っていた。

多分、私はそう思う。どちらも、治外法権な世界だ。

キクさんが、早々にロココハウスから手を引いたのは、彼女がそういう世界の人間ではないからだし、その辺を知らない間に拒絶しているようなところがあった。

ごくごく一般の人しか見ないというスタンスだ。

彼女は自分には限界があると、言っていたが、そういうことなんだろう。

普通のご家庭の人の占いはだいたいは一般的なものだ。

まあ、いい結婚相手が欲しいとか、家を買いたいとか、単純なニーズになってくる。だ

から、占いも、そんなに高度なものを要しない。ということは、こちらにかかる負荷が少ないということだ。

ただ、そんな占いは、多分結果が本人でも半分分かっているから、リーズナブルな値段になってくる。みんな、何か決めたいときに、どこかで、誰かに後押ししてもらいたいのだ。

自己責任で行動する人には、多分私たちはいらない。

だから、半分は、自分の決断の確認作業に占いを使っている。

「先生のお言葉で決心付きましたわ！」とか。

「まあ、その方向で頑張ってみましょう」とか。

占いはカウンセリングとも似ている。日本では、カウンセラーはアメリカなんかほど、普及していない。その分占いが役割分担している気がする。神秘的なものが安心感を生むのだ。人間はそんなに強くはないかも知れなかった。

私が仮眠を取っていると、最初のお客さんが部屋をノックした。

「はあい」

私が起き上がってきちんと座るのと、レースのカーテンを客が押し上げるのが同時だった。

マスカラが黒々として異様に目の大きい二階のれなちゃん、だった。見方によれば、美人だ。

彼女は万札を私に渡した。ショッキングピンクのミニのガウンを着ていて、白っぽい太ももが眩しい。

「ああ、れなちゃん、今日はどうしたの？」

彼女は男と言うか、ひもみたいなのがいつも変わっている。しかも変わるたびに相談に来るのだが、どいつもこいつもクズばかりなので、あまり有効なことは言ってあげられなかった。彼女は髪をくるくると指に巻き付けながら、

「はあい」と言った。

「どうぞ座って下さい」私は真向かいの椅子を勧めた。

「ねえ先生、私さあ、また彼氏ができちゃって」彼女はさっそく座ると、椅子を前に引き寄せた。

「いつももてるからねえ」私は万札をテーブルの下に入れた。

「やだ。先生」れなちゃんは、しなを作って私を見る。上目遣いになると、何かの動物に似ていた。

「この前のいっちゃんどうしたの？」私は逃げたんだと思ったが言ってみた。

「それがさあ、知らない間にいなくなっちゃったの。昨日かな、帰ったらいなかった」彼女はあっけらかんと言った。ルーズな子だから、分からないか？

「お金とられたりとかは？」

「最近敏子ママがお金管理してるからと言ったら、借りに行って断られたらしくって」

「なるほど」私は相槌を打った。至極当然の結果だ。れなも、学習したってことか。手相がどちらの手も貧弱でしわだらけだった。もともとが、良くない星のもとに生まれている。

「それで今度の人はどんな人かな？」私は彼女に向かって聞いた。

「それがさあ、一目惚れなの。向こうもそうだって」

出た！　毎度毎度同じパターン！　一目ぼれは、この地域の専売特許や。

「ああ、良かったね」私はやる気なく言った。だが、お金はもらっているから、然るべき返事はしてあげたい。

「彼の生年月日とか分かる？」

「うん」と言って、胸元から白い紙を取り出した。折りたたんだのを広げると汚い字で生年月日が書いてある。

「名前とか、出身地とかわかる？」

「佐藤　浩平　兵庫県出身　O型」

彼女が本を読むように言った。

そして、私がノートにさらさらと書くと、じっと見つめていた。生年月日で計算もしてみる。

その間彼女は真剣な面持ちで私のノートを見ている。すごいわねえ、さっぱりわからない、などと言っていた。変に熱がこもっているのが、気になっていた。この子って、そんなキャラだったっけ。私は、ノートを見つめながら、頭の中を整理した。

「彼とどこかへ行く話してない？」

「うん？」一瞬彼女の目が泳いだ。ドンピシャだ。

私は薄く笑った。これ以上深追いせず、話題を変える。

「かなりのイケメンで背が高いよね」

「そう」彼女は単純に嬉しそうだった。

私はノートを閉じた。

「ここでお金をもらって付き合うのはいいけど、どこかへ出かけるのは良くない。旅行もおすすめしない」

私は重々しく言った。

「二人の相性もまあ、悪くはないけど、長続きしないと出ているわ」

「それじゃあ、一緒に暮らすとかは？」彼女が慌てて言った。

「もうあんたのマンションにいるよね」私は見透かすように言った。

彼女はすべて事後承諾だ。男はもうすでに彼女の部屋に入り込んでいる。

どうやら、堅気の人間ではないし、スカウトマン崩れかもしれない。

れなちゃんは、そんな奴にとっては格好の獲物だ。

「どうするつもりなの？」

「だから先生に相談してるんじゃない」彼女は急に怒ったように言った。

「先生はどうしたらいいか教えてくれるって」駄々をこねるように、すがるような目つきになった。

「占い師はお助け屋じゃあないのよ。ただ、あなたがこの男と付き合っていると、益々悪い方に転がるよ」私は彼女に言った。

「気を付けたいんなら、しばらく家に帰らずここにいなさい。男には出て行ってもらうのね」

彼女がどんとテーブルを蹴った。私はテーブルと背もたれに挟まれそうになる。

「じゃあ、私は一生ここにいなきゃならないの？」

彼女の目が紅潮していた。いらいらして、救いのない目つき。

馬鹿な子だ。もともとホストに売り飛ばされてきているのに、また、同じことの繰り返し。

借金は一向に減らないだろう。

「心配しなくても、一生ここにはいられないわよ。年を取ったら出て行かなきゃならないんだから」

私は冷酷なようだが、彼女に状況を分かってほしかった。

彼女の形相が一変した。そうだ、メスの豹だ。歩く姿も似ている。彼女は立ち上がると、いらいらと歩き回った。私はテーブルを元の位置に戻す。

「れなちゃん、ここはもう敏子さんに相談したら？」

私は、アドバイスしてみたが、彼女は収まらなかった。顔が紅潮してきて、思い通りにならなかったいらだちで呼吸も荒かった。

彼女はもう一度テーブルを蹴ると、

「インチキ占い師め！　敏子に要らんこと言ったら、殺してやる」と、怒鳴って出て行った。外に出ても、インチキ野郎と、大声でわめくのが聞こえた。

完全に切れている。あきれた子だ。

敏子が入れ違いに慌てて入ってくる。

「あの子どうしたの？」

私は彼女が書いた生年月日の紙に名前も書いた。

「最近知り合った男みたいだけど。敏子さん見たことあるんじゃあない？」

「若い男やな」彼女は紙を見てつぶやいた。

「背が高くてかなりのイケメンだよ」私は彼女が蹴り飛ばしたテーブルを直した。敏子はいったん外に出ると、客の名簿を持ってきた。一応は来た客の情報を記載している。常連は簡単に書いているが、気になる客は情報として残しておく。

「そうだ、二、三日前に、私がちょっと席を外しかけた時に一人来たんだ。夜遅く。写真を見て彼女を選んだんだよ。見かけない、初めての男だった。主人に用事言いつけられたんで、慌てて出て行ったから、よく見てなかった」

多分その男だ。一発で彼女に狙いを定めるのはなかなかのものだ。

「帽子をかぶって、眼鏡かけてたから顔がよく分からなかった。暗かったし」

そしてパチンと両手をたたく。

「わざと顔を隠してたんだよ」

彼女は片手を上に挙げた。

「猫背みたいに背をかがめてたけど、かなりの高身長だった」思い出したように言う。

「その男、もう彼女のマンションにいるわ」

「ええ？」と、敏子が驚いた。

「あの付き合ってたでくの坊は？　家で掃除とかしてたよ」

「多分そいつが追い出しているよ。前のは単なるあほだけど、今度のは危ない。ちらっとだけど、彼女が入ってきた時、彼女が水たまりに顔を浸けて死んでるみたいなのが見えたの。気絶かもしれないけど」

「し、死んでる？」敏子が慌てて出て行った。どうせ水島さんに連絡しに行ったに決まってる。

私は、また見えてしまったと、後悔した。

その日は、後は一時間ごとに一人入ってきたが、最初の一件ですっかり疲れてしまった。占いとは、ハードな生業なのに、みんなは楽してるように言う。

その日は疲れたので、夕方になって、テーブルの上を片付けると、カバンに収納して早々に部屋の外に出た。

鍵を閉めていると、敏子がやって来た。

「お疲れ！」

私は仕方なく、

「れなちゃん、どうしてる？」と、言ってみた。

「あの子は、なんやかやあるけど、まあ売れっ子だから、今常連さんと一緒だよ」

「外出した？」

「してない、お昼に駅前のうどん屋から、てんぷら定食の出前とっただけ」

まあ男とは、携帯でも連絡取れるから。

この近所の飲食店は、遊郭の出前で何とかしのげているところが多い。

私は病院代が借金になってるので、おにぎりだけだが、ここにいる子たちは、借金があっても贅沢はしている。

「じゃあ何かあったら」私は手を挙げた。

敏子はうなずいて受付に戻って行った
外に出ると、「夢乃」とか、「きよ」とか看板の出ている細い路地をずっと歩いて行く。

両側にある店はどれもそんなには広くない。店としては喫茶「あみ」が一番大きいかもしれない。

夕方になると、薄明かりがともって、ほんのりとした光が路地を照らしている。

反対側の国道沿いに近い方は寿司屋などもあって、そこそこ活気はあるのだが。裏に入ると、そのぼんやりとした灯りが不思議な郷愁を誘っている。なぜか私はそのあたりに魔界へ誘い込む空洞があると、勝手に信じている。何百年もこういう仕事をしている場所には人間の怨念のようなものが漂っていると思っている。

この辺りの遊郭は、多分歴史は古いと思う。むろん今の建物はどう見ても昭和初期感が漂っているが。まあ、形は違っても、昔から神社仏閣のあるところには、遊郭があったのだから。間違ってはいない。

この近辺には、安倍晴明の母親の伝説もあることだし。

そう思ってから、私は薄く笑った。

あれから長いこと経って、私は、昔の傷と向き合うことが、ほんの少し可能になってきている。

遊郭といえば、私が事件を起こしたのも、高知の玉水新地の界隈の簡易旅館だった。

そこまで考えると、ああやっぱりだめだと思った。

ある痛みが襲ってきて、その先へ進めない。

医者は自己防衛本能だとか言っていた。忘れることが一番だとも。

紅蓮の炎が浮かび上がって、ぱちぱちという音も聞こえると、もう、その先は闇の中だ。

ただ、もし強いて言うなら、今の私の立ち位置はあそこからきているような気がする。そう、何か、他人の将来のことが見えるようになったのは、あの事件以降なのだから。それも、自分の能力に気づいたのは、何年も経ってから、多分、社会へ出てからだ。それまで、他人に逢うことがなかったからだろう。

あれは、退院して通院中に病院の入り口に入るときに、すれ違った人が、倒れている光景が鮮明に、目の前に浮かんだのが最初だった。その人は、男性で、黄色と黒のリュックを担いで、赤いスニーカーを履いていた。その時は、勢いよく歩いてすれ違った。もちろん元気で。

だが、私は目の前にその人が倒れているのを見てしまった。いや、目の前と言うより、頭の中だ。頭の中のスクリーンにその人が血を流して倒れていた。私は思わず、小さく悲鳴を上げ、手を伸ばしたんだと思う。

通り過ぎていく看護師の不思議そうな表情も浮かぶ。こっちは、私の奇妙な行動に反応しただけだろう。

それから何時間かして、私は病院を出たところで、さっきのリュックが地面に落ちているのを見た。パトカーと救急車もいた。その先は人ごみで見えなかったけれど、ほんの一瞬赤いスニーカーが見えた。

横にいた人が、

「信号が変わって走り出した人に、角を曲がってきた車が突っ込んだんだって」と、教えてくれた。

神様が私にくれたプレゼント。

私は、今ではそう信じている。

遊郭の路地を漂いながら、私は首を振った。余計なことは考えるのをやめよう。

ふらふらしながら歩いても、不思議なことに誰にも会わなかった。

不意に路地が切れて、そうして、駅前のロータリーが見えた。真ん中に松の木がある植え込みが見える。

向こう側に、派手なパチンコ屋の看板も見えるし、道を出たすぐの所にはおにぎりを買ったスーパーもある。人々が忙しげに歩いているのが見える。もう一日の仕事が終わる時刻だ。黒々と見え始めた人の影が、私には魔界の小鬼のように思えた。

私は信太山の駅に入って行った。

10．高知―小林和夫の話

結婚して、4年ぐらいが経った頃だろうか、もう、いつごろだか定かではないが、母親から連絡があり、姉が入院していた病院の看護師が大阪で姉に会ったというのだ。スカーフで顔をかくしていたものの、間違っているかもしれないと思ったが、うちの親が探しているのを知っていたので声をかけたそうだ。夫が、店で働いているので、夕食の弁当を持って行った時だった。それまでにも、人ごみに隠れるようにして、歩いている、彼女を遠目には2回ぐらい見ていたそうだ。顔の右半分をしっかり隠しているので、却って注目してしまったそうだ。

姉は、本人であることを認めたらしい。

この近辺の工場で働いていると、言ったそうだ。

それ以上聞けなかったのだが、歩いて帰ったので、こっそりと後を付けてくれたそうだ。

途中で信号待ちにかかって、夕方で薄暗かったので、見失ったそうだ。

だが、これは僕らにとっては朗報だった。

姉は生きていた。しかも工場で働いている。

この情報に、妻の希恵も含め、我が家は久しぶりに盛り上がった。

姉が出て行ってしまってからの我が家は、本当にどうしようもなく暗かった。僕は、あんたたちが追い出したのだ。と、少なからず思っていたが、憔悴してしまった母を見ると、今度はこっちが死ぬかもと心配になった。父は、無言で仕事に出ていた。

僕は忙しく営業マンをしていたから、普段あんまり休みは取れなかったのだが、休みの土日には希恵も手伝ってくれてそのあたりの町工場を片っ端から電話してみた。

電話では向こうもなかなか個人情報を教えてくれるわけもなかったので、そのうちこの工場ではと、目星をつけたところに訪問してみることにした。

大阪は小さい工場を含めると、予想外にあった。僕も大阪へ行けるのは、2月に一回がいい方だった。だから、焦点をしぼっていくのに半年ほどもかかってしまった。希恵は、尋ね人というチラシを作ってくれていた。訪問先の工場には、そのチラシを渡した。いつか、連絡してくれることもあるだろうと言う淡い希望を持って。

その後、姉が最近までいた工場を見つけることが出来たのだが、僕たちが探しているのに気づいたのか、訪ねて行った時には、退職した後だった。

その後の消息は分からなかった。

ただ、そこまで分かったことで、僕はいつか姉に会えるという確信を得ることが出来た。

そんな時、姉から一通の葉書が家に届いた。

大阪の有名な通天閣の絵葉書でその裏に、

「元気で暮らしております。清美」

とだけ書いてあった。

消印は梅田だった。


僕があの男と、すれ違ったのはそのことと関係あるのかないのか、僕は判断が付かなかった。

あの事件の後、姉とあの男が連絡を取り合った形跡はない。

というか、二人ともあと少しで命の危険があったほどの火傷で、二年近く入院していた。

多分、ベッドから動けないうちに、双方の身内が話し合って勝手にうやむやにする方向に動いてしまった。

最初は警察へ行ったり、焼けた旅館の事の話し合いで大変だったようだ。

強力に動いたのは、一番世間体を気にする双方の父親だった。

まず、先方の嫁の父親が救急処置が終わった時点で男の方を別の病院へ転院させてしまった。

どこへ転院したかも僕たちは知らない。

ただ、速攻そうした処置を取ったのは、噂話の鎮静化を図る効果があった。

電車通りの店も閉めてしまい、山手にある本店の方だけで従来通りの仕事をしていたようだ。本店といっても自宅だ。

後は、先方の方が、旅館との話し合いを進めて、保険で賄いきれない部分の補償を約束したようだ。

姉さんにも入院費用の補償を申し出てきた。が、この度の不始末は双方にあるということで父は二度と双方関わり合いを持たないことを条件に、お互いの話し合いも終了させた。

どちらの親もやりきれない気持ちの方が大きく、もう会いたくなかったのだろう。


僕は、この時のいきさつを全く知らないのだ。


ただ、姉ちゃんが死ぬかもしれないという不安で、仕事が終わると毎日様子を見に行っていた。最初はＩＣＵに入っていたので、ガラス窓越しにしか姉ちゃんの姿を見られなかった。

姉ちゃんは全身包帯で巻かれていて、酸素吸入だの、点滴のチューブが間を這っていた。頭の右横にモニターがあって、看護師さんたちがこまめにやってきていた。

姉は最初命の保証も出来ないぐらい重体だったから、僕は呆然とそれを見ながら、頭の中には姉ちゃんと過ごした大昔の事が、次々に走馬灯のように駆け巡った。

「和ちゃん」妄想の中で、姉はいつも静かな話し方をしていた。耳の奥底でその声がこだまする。二人で花火大会に行ったこと。富士山に登ったこと。沖縄に家族で旅したこと。

少し頭を傾けて、問いかけるような、視線。細い眉の下の、大きな生き生きした、知的な瞳。

「顔が焼けてしもうて、化け物のようになっとった」母はそれを言うたびにテーブルに頭を付けて号泣する。確かに、ガーゼの取り換えをする時、チラッと見えた肌は、赤黒く、ただの肉にしか見えなかった。

「馬鹿者！」父は、母親に一喝する。そうすると、頭の上まで、真っ赤な顔色になって、地団駄踏むように足をばたばたさせた。父の怒りも、充分分かったが、それより姉ちゃんには死んでほしくはなかった。

個室に移されたのは、だいぶたってからのことだ。

姉ちゃんの意識が戻って、少しして話せるようになった時に、姉ちゃんの最初に言った言葉は、

「イキテイタンダ」だった。

退院の時も、親は迎えに行くのを、僕に託した。父母は冷静な気持ちで娘に対峙できなかったのだろう。

家に帰った彼女を待っていたのは、親たちの噴出するような非難だった。母親は、黙って目を背け、父は黙ってにらんでいた。姉は、

「申し訳ありませんでした」と、深々と頭を下げたが、玄関先に立っていた親たちは、無言だった。もちろん、なんと言って迎えれば良いのか、分からなかったのだろう。

僕は姉の荷物を持って、二階の彼女の部屋に行った。空気は僕が毎日窓を開けて入れ替えていた。姉ちゃんにしてあげることは、僕にはそんなになかった。

でも、「なんかあったら僕に言ってね」とは伝えておいた。姉は無気力にベッドに座り込むと僕の方を見て、

「有難う」と、言った。


電車道沿いの建付けの悪そうな事務所に、不意にあの男が出現して、僕が探偵のまねごとをしばらくした後だったが、希恵が僕に話があると言った。

僕たちは、昔からよくデートに使った、あけぼの企業社の喫茶店へ入った。ちなみに、あけぼの企業社は、飲食関係の総合的な事業を行っている会社だと理解している。多分高知の会社だと、思っているけど間違っているかもしれない。


僕と希恵は、結婚してからしばらくは賃貸マンションで暮らしていた。が、母の具合が悪くなり、希恵がしばらく両親と暮らしてみようと言ってくれた。

希恵は誰とでも仲良くできる才能があって、母は見る間に元気になってきた。

こうなると、僕たちが出て行く時が大変だと思ったが、希恵は、

「それならそれでいいじゃない」と、気にしていなかった。

こうなると、僕は、皆を喜ばすのに、姉ちゃんを連れて帰りたいと切に思ってしまった。

この喫茶店に来ると、お客さんは静かに本を読んだりしている。

僕たちはいつも頼むチキンバスケットを頼んだ。

希恵は、ソファに向かい合って座ると、いきなり、

「和君、君はあの男に復讐したいわけ？」

と、言った。

僕は彼女の発言に面食らった。そんなことは全く考えていなかったからだ。

「何も考えていないよ」僕はそう言った。「だけど、あの男が今でも姉ちゃんと連絡とってるかもしれないと思うと」

「ないね」彼女ははっきりと断言した。

「あれは、毎日ただ単に働いて、奥さんの所へ帰っている男の行動だよ。入り婿さんならなおさらだよ」

「じゃあ、」僕は希恵を見た。

「そんなこと言っても、気になるだろうから、」希恵は僕を見てウインクした。

「彼に直接会ってみようと思う」

「え?」その発言に、僕の方が面食らった。

「あの人に、昼間いてるときに、声かけてみようと思う」

「それはどうかな」僕は下を向いた。彼は僕には何も話しそうになかったし、僕だってあいつの顔を見たら、一発お見舞いしそうな気がする。

「あなたはだめよ。やっぱり初めに当事者の身内はまずいわよ」

「じゃあどうする？」

「あたしが声かけるわ。こっちの正体も明かして、もしお話できるならと、話してみる。駄目だったらしょうがないけど。それでも、相手の性格とか、出方は分かるわ」

僕はますます逡巡してしまったが、希恵はやる気満々だった。女は、こうと決めたら一直線だ。

「なにより、私たちのすべきことはお姉さんの捜索だから、いらんことに気を取られたくないの。ここは、はっきりさせましょうよ」

なるほど。と、思った。駄目でもともとなら、やってみてもいいかもしれない。これで相手への気持ちが断ち切れるかもしれなかった。


僕たちは、二人が休みの日曜日に電車道に出て店の向かいのスーパーの駐車場に車を止めた。彼の店は今日も入り口が少し開いていた。

僕たちは信号が変わると横断歩道を渡って店の方へ歩いて行った。

希恵は僕に、ちょっと遠くで待っていてと言った。そして、彼女は意を決したように歩き出すと、店の前に立った。

彼女が「ごめん下さい」とはっきりした声で言うのが聞こえた。

すぐに引き戸が開いて男が顔を出した。

僕は道路を渡ろうとしている通行人のふりをした。今日も交通量はまあまあ多かった。

「すみません」希恵が彼に話しかけていた。

そのうちに男が彼女を中に招き入れるのが見えた。引き戸がガラガラと音をたてた。

僕はその場所に立ったまま、入り口の古ぼけた引き戸を眺めていた。

やがて電車が警笛を鳴らしながらやってくる。ガタンゴトンという独特の音がのんびりと聞こえてくる。

僕は、バスや電車が何回も通過するのを、不思議な気持ちで見続けていた。

彼女は30分経っても出てこなかった。

だんだんいらいらしてきたが、彼女が頑張ってくれているのだと思うと、ここはじっと待っていようと思った。

一時間近く経って、引き戸がガラガラと音をたてて開いた。

彼女が出てくる。

そうして、希恵は開いた戸の前に立つと、ありがとうございました。と声をかけた。

彼女はそうっと引き戸を閉めた。

それから、横断歩道の近くにいた僕に手を振った。

彼女が近くまで歩いてくるのを見ていたが、本当に静かな表情だった。

「どうだった？」僕が希恵に声をかけた。

「そうね、」彼女は僕の腕につかまった。

「思った通りの人だったわ」

納得がいく説明ではなかったが、僕は何も質問できなかった。彼女は僕に体を寄せてきた。

「彼に聞いたの。もし、おいやでなかったら、清美さんの弟さんに会ってくれませんか？　って」

僕は彼女の顔を見返した。信じられない気がした。僕が？

「彼は会いたいって言ってた。もし、あなたが嫌でなかったらって」

彼女は僕の背中を押した。

「行ってらっしゃいよ。想像ばかりじゃあ何も前に進めないわ」

彼女はポンと肩を叩いた。

「相手が会ってくれる時に、会っとくべきよ。私は前のスーパーで買い物してるわ」

僕は迷いながらも、店の前まで歩いて行き、そして中に入った。

僕が「失礼します」と、挨拶すると、部屋の真ん中に静かに立っていた彼が黙ってあいさつした。

暫くは二人して、何を話してよいのかわからなかったので固まってしまった。

あと、10年余りの年月が物事を風化させてしまったのかもしれない。

「この店を片付けに来た時に、君に会ったような気がする」彼は僕に近づきながら言った。

「あれは、僕です」素直に認めた。

「4年以上閉まっていたのに、開いていたから様子を見に行きました」

僕たちは長い間話をした。それは、姉の消息を知るものではなかったが、確かに僕の中にあった彼に対する憎悪のようなものを、静かに洗い流してくれた。物静かな男だったけど、話しているうちに何度となく謝罪の言葉を述べた。

そのうちに、僕は彼には謝罪することすら許されなかったのだろうなと、思うようになった。彼が体に出来た火傷の跡を見せてくれたけど、それは酷い傷跡だった。何回かは形成外科で手術を受けたそうだが、それ以上は治らないと言われたそうだ。姉と、彼は不可抗力で結ばれた。そして、あの日を迎えたのだ。

あれは、多分事故のようなものだった。すべてが。そう思えたことが、僕には救いだった

喋っている間にも、彼が何度となく姉にコンタクトをとろうとしたことや、そのたびに拒絶されたこと。行方不明になって興信所に何回か頼んだが分からなかったということ。

最後に、

「でも、もう一度探してみようと思う。分かったら必ず君に連絡するから」と、言ってくれた。僕たちは連絡先を交換した。その頃には、彼に対する悪い感情はなくなっていた。

最後につくづくと僕を見ながら、

「初めて君を見た時、別に似ているわけでもないのに、君の中に彼女の姿を見てしまった。あの時、本当に呆然としたよ」彼はそう言った。

僕が外に出た時は、少し辺りが薄暗くなっていた。外に誰かが立ち尽くしていると思った。

気が付くと、驚くほど近くに彼女がいた。彼女は半分泣き笑いのような顔をしていた。

僕は「大丈夫だよ」と言って彼女の額を小突いた。

僕たちはどちらからともなくそっと手を取り合った。

11．水島氏と仲間たち

その日朝寝ていると、携帯が鳴った。私は布団にくるまれたまま、出ようかどうしようか考えていた。でも、いつまでも鳴り続けるので、無視できなくなった。

少し転がると、サイドテーブルが近くなり、上にある携帯に手が届いた。

「もしもし」

「あ、清美先生？」男性の渋い声だった。

いきなり現実に引き戻される。がーんというような衝撃。ひょっとして、水島氏？

私は、いきなりベッドの上に正座した。太ももがむき出しになっている。

「ああ、はい清美です」

「お休みでしたかね？」彼が済まなさそうに言う。

「いえ、大丈夫です」私は布団を引き寄せた。朝の6時だ。

「何かありました？」

「いや、申し訳ないんですが、ちょっとロココハウスの方へ来てくれませんかね」

何言ってるんだと思ったけど、ここは言う事を聞いた方が良さそうな気がした。

「すぐ行きます」私はベッドから起き上がると、下に降りて、近くの椅子に掛けていた昨日着ていたデニムのワンピースを被った。

鏡で顔を映したが、化粧する暇はない。玄関口でスニーカーを履いた。玄関ドアを閉めて鍵をかけると肩からポーチを掛ける。エレベーターで下まで下りた。

外に出ると、早朝なのでひんやりしていた。ああ、カーディガン羽織ってくれば良かったと反省する。

私はロココクラブまで走って行った。駅に近いマンションなので、ほんの数分で白い建物が見えてきた。早朝の駅前は、昨日のごみがころころと転がっている。風が吹くと、紙コップが飛んできた。

ロココクラブの白い階段を駆け上がると、広いエントランスに彫刻を施したエレベーターホールが出現する。観葉植物が埃っぽい色をしていた。

私はエレベーターを開けると、5階を押す。

待ち遠しい思いで、5階に飛び出すと、水島さんがオパールのドアを開けて外を見ているのに出くわした。

「水島さーん」私が声をかけると、彼は手を振った。早く来いというふうに。

私は、またしても走っていった。

彼は黒いトレーナーにデニムを穿いていて、いつもより若く見えた。私を見るとにやっとする。

「おう。すまんな。まあ入ってくれ」彼は私を中に入れると、後ろ手でドアを閉めた。

いつも感心するのだが、彼は閉める瞬間まで外の光景に気を配っているのだ。

部屋に入ってすぐに気が付いたのだが、彼の例の子分がソファの傍にいて、足元にぐるぐるに縛り上げられた男が倒れている。まあ、暴れているところを見ると、生きているってことだ。

「どうしたんですか？　朝っぱらから」私は少しずつ男の傍に近づきながら、「この人、どうするの？」と言った。

悪いけど、犯罪の片棒を担ぐのは御免だ。頼むから巻き添えにはしてほしくない。ぐるぐる巻きにされてて、後ろ向けでさるぐつわも噛まされてそうだから、よくは分からないけど、革のライダースジャケットにデニムからすると、比較的若い男っぽかった。

「れなのやつが、トンずらしよって」水島が低い声で言った。

「あら？　この前占いに来てたけど」私はそこで暴れまくったとは言わなかった。

「そやろ、敏子が言っとったわ。あれから、3日目かな、れなが来ないんで携帯に連絡入れても切れとるし、いつから見かけんのや言うたら、先生が来て見てもらって次の日が休みの日やった。それで、3日目になっても来んかったんやて」

「マンション確かめたの？」

「そやから、吉治のやつに見に行かせたんやけど、明かりがついとるけど、返事ない言うてな」

彼は足元の男を小さく蹴った。

「大家叩き起こして鍵貸してもろうて、開けたら、こいつがれなのピンクの毛布被って寝とったんや」

水島氏は腹立たし気に彼を起こすと、さるぐつわを外した。

「なんやねん！　いきなり入ってきて」

男は憤然とした顔でこっちをにらんだ。

「言うとるやんけ！　わしはなんも知らんど」男の顔が赤くなる。

「だかられな何処へ行ったんや」

「知るかい。わしは、部屋の掃除と留守番頼まれただけや！」

私は髪の毛がもしゃもしゃとした、どう見ても男前とは言えない男をつくづく見た。明らかにれなちゃんの趣味とは違う。単に、利用しただけかもしれない。時間稼ぎだ。

「れなちゃん、もしかしたらこの前来たイケメンと、とんずらしたかもね」私は敏子の言っていた男の事を言った。

「先生もれなに何かアドバイスしてたのに、あいつが、暴れてたって敏子が言ってたが」

「だから、新しい恋人が出来たって言うから、」

子分がちっと舌打ちする。馬鹿にしたような顔つきだ。

「その男との相性とか占ってあげただけです」私は足元で男が必死でロープから抜けようとするのを見ていた。

「れな、なんて言ってた？」水島さんは冷静だ。まあ、れなちゃんは商品なわけだから。

「旅行の線が出てたんで、どっか行くんでしょうと言ったら、かなり焦ってた」

「そいつは、こっちも焦るなあ」水島氏が低い声で言う。

「それと、お互いにひとめぼれらしい」私は肩をすくめた。

男3人が同時にちっと舌打ちした。まあ間男の決まり文句や。

「それで、前のろくでなし追い出して、その男が入り込んでたはずなんだけど」

私は、目の前の男を指さすと、「この人ではないと思う」と言った。

続けて「身長の高い男で、かなりのイケメンですよ」と、思い出しながら言った。

いきなり下で座っていた男が胸を張った。いや、お前じゃないから。

「さっきこの人が、ピンクの毛布にくるまれてたと言ったけど。ベッドは？　部屋を見ました？」私は思い出したように言った。「部屋がもぬけの殻だとやばいですよ」

「吉治のやつはなんも言ってなかったけどなあ」水島氏が言う。

「男性だし、以前から部屋を見てないと分からないかも」

私は危ないなあと思った。

水島氏は、携帯を出すと、誰かに部屋を見に行くよう指示していた。

私は目の前の男の前にしゃがみこんだ。

「掃除を頼まれたって言ったわよね」

「ああそうや」

男はいまいましそうに言った。だが、よほど水島さんたちが怖かったのか声は丁寧になる。

「わしは引っ越し業者さんとか、リサイクル業者さんとかから、委託されて部屋の清掃をする業者ですよ」

「ああそんな仕事あったなあ」水島さんは、関係ないと分かると、男を解放するように言った。部下たちが乱暴に縄を解く。

男は怒り心頭だったが、水島氏が万札を数枚わたして、

「すまんかったのう」と言うと、いきなり相好を崩した。

「いや！　これは旦那、ありがとうございます」と言った。

「なんか、気づいたことあったらまた教えてくれんかのう」

「もちろんですよ」彼は胸のポケットから名刺を取り出すと、

「これからもよろしくお願いします」と、頭を下げた。

すると、携帯が鳴り響いた。

水島氏が耳にあてる。

「なんや」

しばらく相手の話を聞いていたが、

「よし分かった」と言って、切った。

「カーテンと布団しか残っとらん。家財道具一切合切売り飛ばしとる」彼は険しい顔になった。

「計画的犯行やな」

「あのー」水島氏の傍に男が寄っていった。

「おお！　なんや」彼は携帯をポケットに入れた。

「あの、私共の事業所は、知り合いの業者から後片付けをたのまれたんですよ。その辺のいきさつは、もしかしたら、そっちの業者さんの方が知ってるかもしれませんよ」この男、金をもらったので、口が軽い。

　男に言われた通りなので、彼は部下をその業者に走らせた。

「丁寧にお聞きするんだぞ」彼が怒鳴っていたが、さあどうなることやら。

ドアがばたんと閉まる音がする。清掃業者も、

「ではこれで」と、挨拶すると帰って行った。

　皆が出て行ってしまうと、彼は、

「先生すまんかったのう。帰って休んで下さい」

と言った。

　私も、いてもしょうがないので一旦帰ることにした。

　今日は、キクさんの所で、占いの手伝いがあって、その後夕方からオパールで7人ぐらい予約が入っている。

　トータル12人ぐらい見るとなると、帰ったらぐったりなるので、それまで休むことにしていた。

「先生も、大変ですなあ」水島さんがねぎらうように言った。

彼は入り口まで付いてきた。

「それはそうと、先生、敏子が言ってたんですが、れなが水たまりに顔を浸けて死んでいるのを見たとか」

ああ、そうだった。

「死んでいるかどうかははっきり分からないけど、ぴくりとも動かなかったから」

「それは、殺されたってことですかね」

私は水島氏に振り返った。

「映画のワンシーンみたいに見えただけなんで分からないです。でも、血が流れたりなどはしてなかったし、普通の顔だったんです。もしかしたら、飲み潰れたり、ドラッグで心臓をやられたりとかの方が考えられますね」

彼はうんうんとうなずいた。

「あいつなら、どちらも考えられるなあ」彼は苦い顔になった。

「あと、気になったのが、水たまりの上の方に、看板みたいなものが見えて、書道のような文字で――魚紋って書いてありました」

この言葉に、彼はしばらく考え込んでいた。暫くして、「新開地か」とつぶやく。

そして、「まだ借金残ったままですがな」と愚痴るように言った。

私たちは顔を見合わせて苦笑いした。

「借金なら、あたしもありますよ」

水島は、深い声で笑った。

「先生の借金はチャラにしてもぜんぜんいいんですがね」

「そうはいかないわ」私は水島氏に振り返った。

気が付くと、危うくぶつかりそうなぐらい接近していた。相変わらず渋いいい男だ。

「あなたのおかげで、私は生き返ったと思ってる。感謝しています」

彼は私の手術済みの右頬に手を当てた。温かくて、重みのある手の温度が伝わってくる。

彼は、しばらくそうしてから、手を離した。私は彼を見上げた。

「先生、日本の美容外科の技術はたいしたものですなあ」と言った。

私はふっと薄く笑う。水島氏はいい男で、女にももてそうだが私には手を出さない。

好みではないのかもしれないし、商品には手を出さないタイプかもしれない。

それとも、オパールに出入りするってことは、もしかしたら?? なのかもしれない。

オパールのお姉様たちには、大変な人気だった。

まあ、とりあえず私は借金を返すのが先決だ。チャラにするって言ってくれてるが、一生恩にきたくはなかった。

そう思ってから、例の事を思い出した。

「ああ、水島さん、私、来週高知へ帰りたいんです」

と、申し出た。

「高知？」彼がオウム返しに言った。

「そう、2、3日で済むと思いますが」

「墓参りですかね」彼は考えるように言った。

「それもあるけど、弟に会いに行きます」

急に彼はドアの前に立った。

まるで通せんぼをしているようだった。

「それは初耳でんなあ」

「誰にも言ってません。水島さんには言わなきゃと思って」私はドアノブに手を掛けた。

その手を彼の手が押さえた。ジーンとするような温かい感触だった。

「敏子から聞きましたよ」

「なんの話ですか？」私は彼の漆黒の目を見つめた。目の中が読めないほど暗かった。

「女が訪ねてきたそうですねえ」彼はその目で私を見返した。

「なんか強引な女で、会うまで帰らないと言ってたみたいで」

彼は私の肩に手を置くと、

「先生、わしの目はちっとは見えてますんでなあ」

と言った。彼は、ソファの方に手を伸ばした。あっちへ戻れということか。

「もう一度お座り願えますかね。お話を聞きたいんで」

有無を言わさない声だった。私は仕方ないなあと思いながらも、心のどこかでは少し喜んでいる自分がいた。彼は、それとなくいろいろと気を使ってくれていた。

彼はゆっくり歩いて行くと、ソファの後ろの、えんじ色の天鵞絨のような重厚なカーテンを開いた。

すると、彼のシルエットが黒く浮かび上がり、朝の光が夜の気配を残した部屋の中に爽やかな光を投げかけてきた。

私は静かにドアの前から離れると、回り込んでソファに座った。

12. 再び高知へ

それから一週間後に私は白いキャリーバッグを持ってマンションを出た。グレーのスーツスタイルだった。久しぶりのパンプスがちょっと窮屈だった。

早朝の街は、相変わらず昨日の汚れを残している。爽やかな朝日の中で、私の心は今一つ浮かないものを残していた。9割は、さっぱりした気分なのに。

こんな日が来るとは、高知を出た時に思いもしなかった。

完全に縁を切ってしまったと、そう、思いこんでいた。いつしか10年近くが経ってしまったが、私にはこの時間が貴重なものだったと思えるようになっていた。

2日前に、篠山さくらさんには連絡を入れていた。彼女は意外に早かったことに驚いていたが、私の連絡を喜んでくれた。

私は、落ち着きなくあちこちを見渡した。

そうなんだ。今私がしっかり根を張っているのは、ここのこの場所だった。だから、ソワソワするんだ。そう、納得すると、意外に気が楽になった。

ああ、ここもちょっとの間お別れだ、と思うと、道端の紙くずさえ、名残惜しい。

今の私の気持ちは、落ち着かないような、それでいて、どうしていいのか迷っているような、安定しない気分だった。

ロココハウスに近づくと、階段の下にシルバーグレーのセダンが見えた。その横で運転手の山口さんが車を磨いている。

「おはようございます」

彼が私に向かって挨拶した。いつも姿勢を崩さず、礼儀正しい。

「すみませんねえ」私は彼に頭を下げた。片道３００キロ以上もある道のりだ。疲れるだろうに。

本当は、夜行バスで帰るつもりだったが、水島さんが承知しなかった。

「それは、あまり賛成しませんなあ」彼は重々しくそう言った。なんか落ち着かない様子だった。

彼は、帰ったら私がもうこっちへ来ないと思ったのだろうか。

車で送っていけば、そのままた、連れて帰れることになる。

でも、それは間違っていた。なぜなら、すでに私の居場所はもう、あちらにはない。

あったとしても、もう昔の話だ。

私は、田舎で暮らして幸せな結婚生活を夢見た少女の私を一度焼き殺している。

フェニックスのように蘇った私は、すでに別人だった。

そう、確かに私は逢魔が時に彼に出会った。妖怪の出る夕方に彼と出会った。

だけど、今になってみると、私の方が妖怪変化だったのではないだろうか。

彼は、今でもただ普通の人だが、今の私は彼の思いも及ばない人間になっている。それを思うと、人生は不思議だと思う。

水島さんが心配したように、私が高知へ帰ってしまったら、もう帰ってこないってことはすでにない。地元に郷愁はあっても、もう、暮らせる土壌ではない。

今帰るのは、私の過去の人生を、放り出して行ってしまったことに、ちゃんと決着をつけるためだけだった。

さくらさんが、来てくれたことで、私はそのまま知らん顔ができなくなっていた。

あのまま、逃げるように出てきてしまった私は、中途半端に投げ出したままのことがたくさんあった。それを、納得のいく方法で消してしまいたい。

ほんの2、3日で出来る事なのかどうかはわからないけど、もう、過去の自分にこそこそしたくはなかった。

「おう、準備出来たんかい」階段の上に水島さんの顔がちらっと見えた。彼は不器用に手を振った。

彼の後ろから誰かが顔を出した。髪をアップにしているので、最初誰だかわからなかったが、雪ちゃんだ。

「おねえちゃーーーん！」彼女はパッと飛び出してきて、白い階段の手すりに手をかけた。

銀色のロングドレスを着ている。彼女は両手でドレスの裾を少し持ち上げると、ハイヒールの足で階段を駆け下りてきた。

その時、私はこのシーンをどこかで見たと気が付いた。

豊かな黒髪をアップにして、若々しい白い肌と、豊かな胸。

そのボディーラインを目立たせるようなシルバーのタイトなドレス。

そして、ブルーのイヤリングと首元に大きなターコイズのネックレスが揺れていた。

「ママがくれたのよ」いつか、雪ちゃんは言っていた。「ママと言っても、パパなんだけど」彼女はややこしいわ！　と自分で手を打って笑っていた。

「ママが言ってたけど、ターコイズは旅の安全を約束するものだって。ナバホ族の人が言ってたって」

本当だろうか？　私たちは、あれから、本当に姉妹のように付き合ってきた。

彼女は走り下りてくると、私に抱き付いてきた。

「清美姉ちゃん、帰ってきてね」彼女はそう言うとわーわーと泣き出した。

「雪ちゃん」私は彼女をしっかりと抱き締めた。

「ほんの2、3日で帰るって」

「本当だよ。帰ってきて」彼女は泣きながら首の後ろに両手を回し、器用にネックレスを外すと私の首に掛けた。

「これを持って行って。きっとうまくいくわ」ネックレスはズシリと重かった。

その時、裏のエレベーターから下りてきた水島さんと、荷物を抱えた背の高い若者と、キクさんがやってきた。その後ろに、オパールのママもいた。

キクさんには、私が昨日電話して事情を話しておいたのだ。わざわざ出向いてくれたので恐縮してしまった。キクさんは私の話を聞くと、

「それがええよ。一度は帰っておいで」と、快く言ってくれた。キクさんにも、私の事件のことはあらまし話していた。

私は「やっぱりキクさんが言ったように心残りを置いときたくないので」と、言った。

「朝早いのに、皆さんすみません」

「そりゃあ清美さんが出かけるんだから、お見送りしなけりゃ」キクさんが笑いながら言った。ぐすぐすと泣いている雪ちゃんの頭をポンとたたく。

「馬鹿だねこの子は。清美さんに余計な心配かけないの」

「でも、あたしたち昨日の夜は清美さんの事ばかり話していたの」

雪ちゃんがなおも言い募った。「寝てないんだよ！」

「こら！　先生の身の振り方は先生が決めるんだから、雪も、余計なことは言うな」

水島さんが雪ちゃんの背中を叩いた。雪ちゃんは水島さんの腹部にパンチを返す。

「いやー。この別嬪の先生が占いがチョー当たるって人かい？」荷物を抱えた若いのが口を挟んできた。

「あら、この方、新しい子分？」私は見かけない子をまじまじと見つめた。

水島さんが彼を手招きした。ひょろっと背の高いまつ毛の長い男子だ。グレーのパー

カーにデニムという、ごく普通の格好をしていた。大学生と言っても通りそうだ。

「こいつがれなと一緒にいたとこを昨日捕まえたんや」水島さんは彼を引き寄せると肩を組んだ。「のう若造！」彼はすこしおどおどしたような目つきになった。

「先生の言ったとおり、れなのやつ、逃げようとして酔っぱらいすぎてるもんで入り口の看板の前の水たまりに頭から倒れとったわ」

「えー！　れなちゃん帰ったの？」私は意外な展開に驚いた。

水島さんは苦そうな顔をした。

「戻って店におるわ。先生の言った、魚紋って名前でピンと来たんや」

「このガキと相談して、別の店に鞍替えしよったんや」

「いや、れなちゃんがうちの店に電話してきたんですよ」と彼は言う。「ママも知らんかったから、迷惑しとるんです」やはり引き抜き屋か。

私はカバン持ちの彼に近づいた。

「あーら！　いい根性してるわね」

彼はこっくりうなずいた。そんなに悪い奴でもなさそうだった。横で、水島氏が締め上げる。

「清美先生の見立てがドンピシャや。魚紋ちゅう名前の店！　滅多にない名前やからわしも覚えとってなあ。神戸の新開地近くや。一昨日店に子分と失礼させてもろたんじゃあ。そしたら、一番奥のボックスにこのガキとれながおったんや」

私はなかなかすばしっこそうな彼にそっと言った。

「気を付けないと、この前もコンクリ詰めにされて海に沈んだやついるわよ」

彼はひっと小さい声で叫ぶ。

すると、水島氏が聞き逃さず、

「なんじゃそれ」と私を見た。

「お前何考えとるんじゃ」迫力ある声だ。面白がっている。

「いや、あの、この前のピストル男、そうなったんかなあと」私は声が小さくなった。

彼は私の肩をポンとたたいた。

「やくざ映画の見すぎじゃ。今時、そげな割の合わんことするかい」

それを聞いて私もほっとした。少し気にしていたとこでもある。

「では、あの方は？」

「あいつは岡倉組の半端もんじゃ。ボクサー崩れや。知り合いのお巡りに頼んで逮捕してもろうたわ。拳銃持っとったから銃刀法違反やし、その他にも余罪がゴロゴロあるから、暫く出てこられへんわ。あんたも面白いのう」と言った。

私は、

「ところでこの人なんて名前？」と言った。

「こうたん」雪ちゃんが横から口を挟んだ。彼女は親しそうに彼に寄り添う。

確かに女には好かれそうな男だ。

「浩平君」

もう慣れているようなのは、夕べ皆で飲んでいたのだろう。

水島氏が、

「浩平、山口さんに荷物渡しとけ」と言った。

彼は、「はいっ」と言うと、車の傍にいた山口さんに黒革のカバンを渡した。

「ねえこの子どうするの？」私は水島氏に言う。

「まあ、何かの役にたちそうやから、とりあえずオパールのボーイにしとくわ」

私は彼を見て笑った。

「水島さんで良かったじゃない。別の人ならコンクリ詰めになって」と言うと、

「映画の見すぎやっちゅうねん！」

水島さんが私の背中をドンと叩いた。

「そや、こいつ運転が上手いらしいから、高知まで山口さんと、交代で行くことにしたわ」

「それは、いいかもね。でも、私一人でバスで行けますよ」

私はこんなに皆に見送りしてもらうのが、少し気恥ずかしかった。

出来たらひっそりと帰りたかったのだ。

「本当は一人で行きたかったんですけど」私は水島氏に言った。

「まあええがな。あんたが用事してる間に、コウヘイと現地の女見てくるわ」

「高知まで5時間ぐらいかかりますよ。眠ってないやろうから、水島さんと浩平君、後ろに座っていったら?」と、声をかけた。

水島は、ニャッと笑うと浩平君に「後ろに座れ」と命令した。彼は細長い体で機敏に乗り込む。清美は、助手席に座った。「高知の事なら私の方が知っている」

清美がそう言うと、「そりゃそうや」と、水島が呟いた。

車は滑るように走り出した。

雪ちゃんと、ママ、キクさんが手を振っている。

遠ざかる町を見ながら、私は、再び帰ってくることを少しも疑わなかった。

13. 再び、霧島かおるの話

私は、大阪の泉州地区から、淡路島へ車を走らせていた。一人で車を淡路まで走らせることは滅多になかった。今日は、時折連絡を取っていた真理ちゃんが、11時ごろ淡路のサービスエリアで会えないかな、と連絡してきたので、珍しいと思いながらも主人に行ってもいいか、聞いてみた。彼は小うるさいところがある。

彼は、少し考えてから、

「いいよ。夕方までに帰るんやろう?」

と、言ってくれた。絶対晩御飯のことを考えていたはずだ。

子供たちは。「お土産！　お土産！」と、大合唱。

もう一度真理ちゃんに、

「主人がいいって。私も楽しみだから、行くね」と返事した。

あれから何年経つだろう。多分、大学を出て、10年近くになる。

子供たちも、上はもう、7歳になる。

主人に悪いけど、今の人生に満足しているかと言われると、何とも言えない。

結婚自体が妥協の産物だったような気もしているから。

あまり、子供の世話はしない主人だが今日ばかりは感謝している。

もっとも、子供の方がもう、大人を頼るより二人でゲームをしていたから、手はかからない。

自宅は岸和田の方だが、早めに出て主人と子供へのお土産を買うつもりだった。

今日は日曜なので比較的混雑するのだが、湾岸線は思ったよりは混んでいなかった。

家を出て1時間ほどで明石海峡大橋に着いた。この白い大きなつり橋が目に入ると、対岸に大観覧車が見えてくる。真理ちゃんと待ち合わせしている淡路サービスエリアだった。

このSAは、上りと下りの2か所あるので、真理ちゃんは、

「観覧車のある方やで！」と、大声で言っていた。

少し早めに到着したので、先にざっとお土産を買うことにした。

主人はここでいつもドレッシングとか、ちくわや、佃煮を喜んで買っていた。

彼の喜びそうなものと、子供たちのお土産を買うと、私は紙袋いっぱいになったお土産をいったん車にいれることにした。段取り良くクーラーボックスも用意していた。

私が車の後部座席を開けて荷物を入れていると、後ろで、

「やあ、すげーなあ。でかいドライブインやなあ」という若い男の声がした。

後ろを振り向くと、背の高い若い男が両手を挙げて嬉しそうな顔で私の背後を通って行った。その後を濃紺のスーツ姿の中年の渋い感じの男と、長い髪をなびかせたグレーのスーツスタイルの女が通り過ぎて行った。振り返って見ただけなので、よくは分からない

が女は多分結構な美人だ。

「俺、淡路はじめてだわ」

若い男が弾んだ声で叫んでいる。女が低く笑った。

彼女が通り過ぎる時、私の好きなシャネルのチャンスの微かな香りがした。

３人とも素人っぽくない雰囲気を醸し出している。

特に年長の渋い男はただものでない感じが背中から滲み出ている。お近づきにはなりたくないタイプかも。

多分、私の車の後ろに止めている、シルバーグレーのクラウンから降りてきたような気がする。

運転手のような男がまだ中に座っていた。

私はドアを閉めると、あーあと言う風に手を伸ばした。

すると、その手が合図だったように、

「かおるさーん」という声がした。私は声のする方を振り返った。

ずーっと向こうの方だが、車の屋根の列が連なった方から、多分真理ちゃんであろう人影が手を振っていた。

男性が一緒だった。多分旦那さんだろう。一緒に来るって言ってたっけ?

私は大きく手を振り返した。

暫くすると、大きな荷物を抱えた真理ちゃんがこっちへ走ってきた。

「おひさしぶりーー」

彼女は相変わらずハイテンションだ。

「ひさしぶり」私は彼女の肩にタッチした。

「ねえ、食事した？」

「まだだよ」

「じゃあさ、ここのレストランで食事しようよ」彼女は後ろを向くと、男性に手を振った。

その男性はおずおずした様子で近寄ってきた。

「彼、私の亭主」

「ああ、よろしく」私は真理ちゃんが一人で来ると思ったので少しがっかりしていた。

彼が来るなんて言ってなかったのに。

でも、真理ちゃんは彼に手を振った。

「あのね、彼は神戸で、色々用事があるんでまた迎えに来てくれるの」

「そうなんですか？」私はわざとがっかりした声を出した。

彼は、

「すみません。こいつをよろしくお願いいたします」

と、丁寧に私に挨拶するとそのまま踵を返して出て行った。

「初めてお会いしたよね」私は真理ちゃんに言った。

「けっこう男前じゃん」

彼女は私を見返すと、

「どうかな」と、低くつぶやいた。

それから、気合いを入れるように、

「さあ、飯食いに行こう！」と言った。

「ゆっくりお話ししようよね」

私たちは食堂の中に入ると、食券を買って、それから係員に案内してもらった。ウエイトレスがチケットの半券を持って向こうへ消えた。

私たちは、対岸がよく見える席に座る。すぐに水とおしぼりが持ってこられた。

「あっちが神戸だよね」彼女は窓ガラスの向こうを指さした。今日は天気が良いのでまだ海の色が薄い水色に見える。天気が悪いと本当にどんよりと暗く見えるのだが。私は高知への行き帰りこのSAを必ず利用していた。子供たちのお気に入りなのだ。

多分真理ちゃんは、私みたいに滅多にはここに来ていないだろう。

真理ちゃんはふと遠くを眺める目になる。何か考えているようにも見えた。

私はグラスの水を飲んだ。

それから、どちらともなく、近況とか子供たちにどんなにてこずってるかとか、たわいもない話をした。

10分ほどで、ウエイトレスがハンバーグ定食の大きな盆を持ってきた。

二人でわーすごいっとか、言いながら料理を覗き込んだ。

私たちは、「美味しそうやね」とか、たわいないことを言いながら、笑いあった。

高知の病院では、真理ちゃんとはよくお昼ごはん一緒に食べたなあと思いだす。彼女はおやつもいつも持ってきていた。よく食べて、屈託なく笑う子だった。

誰よりも明るい子だった。

「あたしさあ、気が付いたら一生懸命あの病院で働いて、子育てして、何だったんだろうなって最近思うんだ」

食事が終わりかけて彼女がそう言った。

「なに贅沢言ってんのよ」私は彼女の前に指を出した。

「あなたみたいに、恵まれた結婚生活の人ってあんまりいないんじゃない？」

私は本当にそう思っていた。

何やかや言っても、真理ちゃんは自分の親と同居で旦那さんも理解のある人だった。

うちは、結構口やかましい主人の母がいて、転勤で大阪で暮らすようになって本当に良かったと思っている。

その分、育児や家事は誰も助けてくれないので、厄介なことは自分でしなければならない。

そんなこと、お気楽な彼女に言っても分からないだろうけど。

すると、

「あたしたちさあ」

急に真理ちゃんが低い声になった。

私はその彼女の声色に、思わず彼女の顔を見返した。ナイフとフォークの手が止まる。

「離婚することになったの」

「……」はあ、と私は思った。

私は、彼女の方を穴のあくほど見つめた。

だって、仲良く車で来たじゃん。

「あの、さっき来た人と？」

「ほかに誰がいるのよ！」

彼女がぷっと噴き出す。

「なに冗談言ってるのよ！」私は思わずそう言った。

「冗談じゃないよ」彼女はぼんやり人ごとのように言う。

「じゃあなんで一緒に来たの？」

「一緒に来たって、別れる時は別れるわよ」彼女はますます他人事のように言う。

「あの人、今度、神戸で暮らすから、入居するマンション見に行ってるんだ」

「……」私は絶句だった。

「なんで？」

「なんでって、あの人は転勤族だし、うちの親は娘はついて行かないって言ったのよ。

せっかく仕事もずっとしているし、辞めてまたよそへ行けないって」

「でも、あなたはどう思うの？」

「どうって、うちの親が全面的に子供の面倒も見てくれているし、家だって親が半分はお金を出していてくれるんだもの。出て行けないじゃあない」

ふうん、そんなものか。さっき見た旦那さんのことを思い返してみた。どう見ても、離婚する人には見えなかった。

「でもさあ、転勤するってわかってたじゃない？」

「まあ、でもずっと異動がなかったから」彼女は良い方に考えてたのか、考えない事にしていたのか？

「旦那さんは何て？」

「仕方ないなあって」

「それだけ？」

「それだけ」彼女はあっけらかんとしていた。

これが私なら大ごとになっているだろう。多分、わめき散らしそうだ。

まてよ、私なら、離婚するだろうか？　でも、真理ちゃんのは、よく分からない。

それにしても、あっさりしたものだった。

他人の家のことは何とも言えないけど。

「かおるさんの方こそ、仲良くっていいじゃゃん」真理ちゃんがそう言った。

別に仲良くはないんだ。

「それがねえ」私はここで切り出すべきか少し迷った。来るときから、話そうかどうしようか迷っていたのだ。せっかくの会合を湿っぽいものにしたくなかったのもある。だけど、湿っぽい話は真理ちゃんの方が先にした。

「え？　まさかあんたも？」真理ちゃんが、驚いたように言う。

「じゃあなくって、主人の癌が分かったの」私は、ちょっと思いつめていたことを話した。

「ええ！　それは大変！」真理ちゃんは心配してくれたが、離婚と病気と、どっちがどっちとも言えない。

「最近便に血が混じるって言うから市民病院で見てもらったらって言ったら、この前会社休んで行ったの。そしたら、大腸がんだって。しかもステージ4なの」

私の心配はそれに尽きる。一時は、本当に落ち込んでいた。

「毎年検診は受けていたんだけど」私は、そこまで言うと、本当に気が滅入ってきた。

今日だって、明るい真理ちゃんに慰めてもらおうと思ったのに。

真理ちゃんと私はそれから病気の話を延々としていた。

真理ちゃんは、「今は癌の治療もだいぶ進んでいるから」と、慰めるように言ってくれた。

その時、奥の方から、

「まだ淡路の入り口やから時間かかりますよ」と、落ち着いた男性の声がする。

「どんなに早くても、あと3時間半はかかります」

「そんなに？　俺、寝とくわ」若い男の弾んだ声が聞こえた。

「あほか、山口さんと運転代わったれ」男性の重低音。

私は、さっきの一行だなと思った。丁度奥の席から一団が歩いて入り口へ向かっている。

「ステーキ美味かったのに！」若い男が不満そうに言う。渋い男の方がわき腹にパンチをくらわす。

歩いてきた女性が少し笑っていた。

真理ちゃんが、その一団をじっと見ている。多分、女性の方だ。

彼女は入り口でこっちを振り返ると男性に窓の方を指さして話しこんでいた。

グレーのパーカーの若い男はその周りをうろうろしている。

彼女は切れ長のはっきりした瞳が印象的だった。唇は輪郭がはっきりして少し厚めだ。

真理ちゃんは遠慮もなく彼女を見ながら、首を傾げていた。

私は、美人だから見とれているのかなと、思ったら、

「ねえねえ」と、私の腕をゆすった。

「あの人だけど、覚えてない？」

「え？」私は改めて入り口のガラス戸の向こうへ消えていく4人を見返した。

「あんな人達知らないけど」私にとっては、赤の他人だ。

「中にいた女の人」

私は真理ちゃんの顔をまじまじと見返す。

「知らないよ」

「うそ！　信じられへん」彼女がすねたように言う。

「私たちが、病院に就職した初日に緊急搬送されてきた女の人。ほら、新地の火事で」

「ええ？」私は少し大きな声になったと思う。

とは言っても、私は寝ている彼女しか見ていない。顔も最初は包帯でぐるぐる巻きになっていたから、あまり記憶に残っていないのだ。

そう言えば、真理ちゃんは重症病棟へ薬を持って行ってたから、それで顔見知りになっていたのかもしれない。

あと、あの不倫相手の男の奥さんと子供のバレエ教室で知り合いになっている。

それもあっただろう。

彼女はある意味私より観察眼が優れている。

美容整形の女と男性のかつらを見抜くのはいつでも彼女だった。

私は、多分漠然と見ているのだろう。かつらなんて絶対分からない。というよりも、他人に興味がない方だった。

「きれいに美容外科で手術を受けてるはずよ。右半分の皮膚が少し突っ張っているから。ワンレングスの髪でうまく隠しているし、カバーマークでかなり隠せるから。でも、日本の美容整形は大したものよ」

「あんなに美人だった？」

「そう言われると。何とも言えないけど。あの人はもともとインテリで綺麗だった。私たちが見たのは、一番ボロボロだった時でしょう？」

それはそうだ。半分は焦げた丸太みたいな状態だったから。あの状態から、こうなるなんて、奇蹟だ。それは認める。

私たちは、今度はあの事件のことで盛り上がった。そのおかげで。今の自分たちのイケていない状況を少しは忘れることが出来た。

「まず自信に満ちてるから綺麗に見えるんじゃない？　横になって寝ている時とは、訳が違うわよ」彼女はどうしても、そう思っているらしかった。

「あんなふうに、男3人も従えて」

「うわー。私も頑張らなくっちゃ」と、真理ちゃんが言った。

「え？　何を頑張るの？」と、私。

「だからさあ、離婚したって、そうそう落ち込むことないわよねえ」

「それはそうよ！」だって、真理ちゃんはちっとも困ったことにならないんだから。

「だけど、あんなふうに復活したいわ。素晴らしいじゃん。男3人も従えて」まだ言ってる。彼女は両手を祈るように前で握りしめた。

「私だってほんまは離婚したくなかったのよ！」彼女はお菓子を取り上げられたように言う。

「じゃあ、やめれば」私はつれなく言った。

真理ちゃんが言うと、なんか重みに欠ける。あんたも、離婚なんかしなければいいのに。私は本当にそう思った。真理ちゃんは数少ない友人だから、不幸にはなってほしくない。とはいうものの、私も自分の主人が大変なことになっている。

考え方によれば、多分これから大変なことになるのは、私の方だろう。

人生は、どうなるか、先の事が分からない。

どう見たって人生どん底だった彼女が、真理ちゃんの言った通り、男3人従える身分になって、私たちが、これからゆっくり下降線をたどっていく。なんの因果だろう。

私たちは、しばらくしゃべった後で、レストランの外に出た。

天気は上々だった。真理ちゃんも私も思っていることを言ってしまったので、なんか身が軽くなったような気がした。これから、頑張っていく気になれたような気がする。

「ねえ、これあたしが作ったんだけど、良かったらもらって」

彼女が抱えていた大きな荷物を渡してくれた。大きいわりに軽い。

私が、

「見てもいい?」と言うと、彼女は、

「いいよ」と言った。金色の紙の手提げバッグから出てきたのは、プリザーブドフラワーのアレンジメントだった。プラスチックのケースに入っている。

カラフルなビタミンカラーの花で美しい。バラやガーベラだろうか。

「うわ！　ありがとう」私は喜んだ。

「玄関に飾るわ」

「今ね、これにはまっているの」真理ちゃんが嬉しそうに言った。

「良い趣味じゃない」私は手提げバッグに入れなおした。

「結構お金かかるんだよ」彼女が言う。

私は「ごめんね。私は近所で評判のクッキーなの」と言って、カバンから水色の箱を出した。

「あら、ありがとう」彼女はうやうやしく受け取ってくれた。

「でもさあ、ここであの人見かけたのも何かの縁かなあ」真理ちゃんがまた言った。

「本当に彼女かなあ」私はまだ疑っている。真理ちゃんほど、他人に興味がないせいかもしれない。

「決まってるじゃん」彼女は自分の目を指さす。

「私の眼力は確かだよ」自信満々だ。

「だけど、不思議だね」と、真理ちゃんが言った。

「何が」

「だってさあ、この前バレエスクール行ったら、篠山のお茶屋さんの奥さんが寄ってきて、今日で終わりです。って言うんだよ」

「??」

「だから、どうしたのか聞いたら、多分ここ数日で台湾へ移住するみたい」

「台湾？」

「そう言ってた、移住っていうか、しばらく向こうに住んで、旦那さんはお茶の研究所へ通うんだって。知り合いの台湾人の人が世話してくれるんだって。これからは、高知市内のお客さんだけでなくネットの時代だから、日本中のというか、出来たら世界中のお客さんを相手にしたいんだって」

「へえ、話がでかいなあ」そっちの方が羨ましくなった。

「そうやろ？」彼女は知りたての知識を自慢げに言う癖がある。ただ、たまに所々聞き違えたりはするのだ。

「なんかなあ、腕のいい占い師さんに占ってもらったんやって。そしたら、日本から、南の島に行くと運気が上がると言われたみたい。そしたら、今まで売れんかった、電車通りの店もいい値段で売れたらしいわ。あの口やかましい爺ちゃんも急にボケてきて、変に物分かり良くなったんやて。不思議やろ」

「へえ」彼女ほど私は、その話には興味がなかった。

「そやけど、あんたの離婚の方が私には重大やわ。真理ちゃんにはずっとこのままお付き合いしたいし」私は心底そう思った。

「真理ちゃん、元気出してね。あたしはずっと友達やから」私はそう強調した。

「大丈夫！　離婚て、わりと簡単なもんや！」真理ちゃんは、筋肉を見せつけるような腕をした。「かおるとはずーっと親友！　それと離婚とは別やん」

「まあね、そう言えば大学で同じクラスだった、吉田さんバツ三やて」

それから私たちは、真理ちゃんのとりあえずの旦那が帰ってくるまで店内で商品を見たり、外に出て写真を撮ったりして、一日を過ごした。

「ねえ、かおる、ソフトクリーム食べようよ！」真理ちゃんが、人目も気にせず、大声で呼んでいる。

14. ロング グッドバイ

3月31日は10年前も桜が散っていたのだろうか。淡路島を渡って、鳴門から、徳島を通り、四国山脈を縦断する道々で、桜の花が満開になっていた。

その花々が、明るい日差しを浴びて白く輝いている。

今の私が、それを見てどんな思いなのか、説明しづらかった。

途中で運転を代わると言ったものの、山口さんが運転する羽目になっている。

なぜなら、昨夜オパールでママや雪ちゃんたちと朝まで飲んでいたらしく、水島さんと、コウヘイ君は車内で爆睡してしまった。

皆、私が田舎へ帰ると言ったので、かなり心配しているようだった。昨夜の話題も大方はその話だったようだ。

水島さんは、

「もし、あんたが高知へ帰りたいと言うなら、俺は止めへんで」と言っていた。

それは、彼にとっては精一杯の好意だったのだろう。少し残念そうな様子が見え見えだった。

キクさんは、

「あなたが帰りたいなら、止めないよ」と、言って少し涙ぐんだ。

思えば、大阪の工場へ勤めてからでも、もう5年近くちゃんと田舎へは帰っていない。

あの頃は、不思議と望郷の念が強かった。帰れないから、帰りたかったのかもしれない。

キクさんにはいろいろ相談して、2年前から墓参りだけは年に春分と、秋分の日どちらかに最低一回帰ることにしていた。とんぼ返りだから、地元のことは分からないが、心の底の何かが安定してきたような気がした。

「占い師がご先祖様を大切にしないとばちが当たるよ」というのが彼女の持論でもあった。だけど、今の私があるのは、ひとえに彼や彼女らのお蔭だ。多分ご先祖ではない。

私は、四国を出て、皆に育てられたと思うようになっていた。

「桜が綺麗でんなあ」

山口さんが感極まったように言う。

「四国は桜がきれいだから、今頃はお遍路さんも多いのよ」

「八十八か所めぐりですなあ。私も西国のは行きましたが、四国はなかなか行けませんでなあ」

本当だ。

「いつか、みんなで行ってみましょうよ」私は本心からそう思った。

「いいですなあ。私も、ぜひ」山口さんは嬉しそうだった。

かなりな珍道中になるだろうけど、みんなとの道行きは楽しいと思う。

今は、雪ちゃんや、キクさんや、水島さんが私の家族のようになっている。

山口さんは、道の駅で車を止めてくれたので、飲み物を買ったり、トイレへ行ったりして順調に夕方には高知市内へ入ることが出来た。

結局、水島さんと、コウヘイ君は爆睡したまま高知まで来てしまった。


私たちはやがて、さくらさんが部屋を取ってくれた三翠園に到着した。

「えらいええホテルでんなあ」山口さんがパーキングに車を止めながらつぶやいた。

「高知では、一番有名なホテルですよ。確か山内家の下屋敷跡に建っていると聞いていますけど」

そのころには、コウヘイ君と、水島さんが起きだしていた。

「どこや」彼はあたりを眠そうな目で見ている。

「俺の来るようなところじゃないけど」と、コウヘイ君が辺りを見回して言った。

「ここの個室をさくらさんが手配してくれたんです。私はそこでみんなに会います」私は彼らに言った。

「山口さんと、コウヘイ君と水島さんは私がお部屋を取ってありますのでゆっくりなさって下さい。夕食、予約取れてます。お風呂も天然温泉ですよ。今日は私のおごりです」

「おいおい、先生におごってもらうわけにはいかんぞ」水島さんが慌てたように言った。

「今夜だけです。３人一緒の部屋ですけど」と言った。

「私の方は、何時間かかるか分からないので、皆さん明日の朝会いましょうね」

水島さんは眩しそうに私を見た。少し諦めたような、微妙な表情だった。

「仕方ないな。おい。みんなで部屋へ行こうか」

彼らがフロントで鍵をもらって仲居さんに案内してもらうのを私は目で追った。

その後、私はフロントでさくらさんの名前を告げた。フロントマンが出てきて、丁寧に誘導してくれる。分厚いじゅうたんを踏んで真っ直ぐ奥へ続く廊下を歩いて行く。時々、庭のみどりが鮮やかに覗いていた。

部屋の前に来ると、彼がドアをノックした。

「どうぞ」という女性の声がした。

重厚なドアが開けられると、私はテーブルの席についている人々に頭を下げた。

彼らは、皆一斉に私の方に振り返った。

「ごゆっくり」と言ってフロントマンが去っていく。

重いドアがゆっくり閉まる音が響いた。

私が入って行くと、座っていた人たちが一斉に立ち上がった。

この日集まったのは、私と、さくらさん、和夫夫婦だった。

さくらさんは私からの電話で、和夫に連絡をとってくれていた。

和夫は一応自分たちだけで、私の話を聞こうと思ったみたいである。両親には黙っていたと言った。

「父ちゃんも母ちゃんもこのところすっかり老け込んでしまったんで、いきなり驚かしたくはなかったんだ」

それはそうだろう。行方不明になった娘がいきなり姿を現したら、言葉を失うはずだ。

「だけど、姉ちゃん、一度大阪の通天閣の絵葉書送ってくれただろう。だから、母ちゃんは、あの子のことだから、きっとしっかり働いているよ。っていつも言ってた。絵葉書を写真立てに入れていつも見ていたよ。工場の人にも姉ちゃんのことを聞いたら、悪く言う人は一人もいなくて、みんなが褒めていたんだ。それを親父に言ったら、どっかへ行ってしまって、後で聞いたら、部屋で泣いてたんだって」

私は申し訳ない気持ちでいっぱいだった。だけど、あの時あのまま家にいたら多分あれからすぐに死んでいたと思うと、言った。

それを言うと、和夫は、僕も姉ちゃんがいなくなった朝、置手紙を見て、家をとびだして走って行ったんだ。もしかしたら、どこかで死ぬんじゃないかって。

私は、和夫に本当にありがとうと、言った。彼が動かなければ、さくらさんが来なかったのだから。

さくらさんは、「今日は、清美さんが来て下さって、本当に嬉しかったです。もっと、連絡が遅くなると思ったので」と、私に握手を求めてきた。

「いろいろ手配して下さってありがとうございます」私は彼女の手を握り返した。

「和夫さんとお話しすることがたくさんあると思いますので、私は、これで失礼いたします」

彼女はそう言うと、仕事が残っているからと、頭を下げて出て行った。

３人で食事をしたり、その後でお酒を飲むうちに、いつしか深夜になり、明け方になっていた。

私は、せっかくだからと、来てくれた二人の占いもしてあげた。私たちは、お互いのことを10年の時間を埋めるように、話し続けた。話しているうちに、私はこの10年のことを、走馬灯のように思い出していた。

そうしているうちに、朝になり、お別れの時間になった。

弟夫婦は「姉ちゃんに会えて良かった。また来るときは連絡してよ」と言って出て行った。希恵さんは黙って静かに聞いていた。可愛らしいお嫁さんだった。

帰り際に彼は振り返って、

「姉ちゃん、親のことは心配せんでええよ。あれでも、まだ働いてるし」と言うと、手を振った。

皆が帰ってしまうと疲労感がどっと出てきた。でも、嫌な疲れではなく、うまく占いがいった時と同様の開放感のある疲れだ。

気分転換がしたくてロビーへ出ると、そこから三翠園の庭に出た。

どこからともなく微かな桜の花の香りがした。風に乗って花びらが飛んできた。

3千坪ほどもある庭園は一望に出来るような規模ではなかった。滴るような緑の庭園の中を歩いていると爽やかな風が吹いてきて、ひと時、私は軽いめまいを感じていた。

高知の空は、あくまでも青い。この青さを私は今の今まで忘れていた。

都会の空は、晴れてもこの青さはない。私には、この青さを忘れなければ生きてゆけない理由があり、でも、思い出したい矛盾した私もこの10年心の隅に生きていた。


こんな気分になったのは久しぶりだった。

私が庭園から、玄関先へ戻ってくると、あちらを向いて静かに立っている男性が見えた。浴衣姿で、しーんとした朝の気配の中で、物思いにふけっているように見えた。

「水島さん」私は彼に声をかけた。

振り向くと、彼は、

「朝風呂に入ってなあ。良い旅館や」と言った。

「あんたも入ってきたら？　朝までしゃべっとったんやろう？」と言った。

私は彼の前を通り過ぎながら、

「少し眠りたいです」と言って部屋へ向かった。

皆が帰った後の部屋は空虚な気配を辺りに漂わせていた。

とにかく、この10年間の不在を家族と話し合えたことで、私は満足だった。

部屋に入って奥の部屋のドアを開けると、パンプスを脱ぎ捨てて、ベッドの中にダイブした。


気が付いた時には、もう8時過ぎになっていた。

ああ、お風呂に入ってこようと思った。寝巻とタオルを持って大浴場へ向かう。

こんな朝から大きな浴槽に入るのは久しぶりだった。体を洗いながら、ゆっくりと湯船につかると、また、睡魔が襲ってきた。

私は湯船から出ると、水のシャワーを頭から浴びた。


用意が出来てフロントへ出ると、水島さんたちが近くのソファにいた。私はフロントで支払いを済ませようとすると、水島さんが私を止めた。

「もう、会計済ませたで」

「ええ？」私は彼の方に向き直った。

「私のおごりだと言いませんでした？」

「まあ、かまへんやんか。コウヘイのやつと二人でしこたま飲んだし」

私は少し困ったように彼を見た。

「そやけど、あんたの部屋の料金払おうとしたら、篠山茶店の支払いやったなあ」

私は、しまったと思ったが、後でさくらさんに連絡することにした。

コウヘイ君は、

「水島さんの名刺、あちこちに配っときましたわ」と言った。

「いい女いっぱいいたし。みんなオシャレやし。ただ、気が強そうなんで、どうかな」

水島氏が指でこつんとコウヘイ君の頭をはじいた。

「お前の手に負える女じゃあないやろ」彼はしっかり前を見ていた。

「俺も、こんなことなければ、高知なんて来ないしなあ」

「めっちゃ、鰹美味かったわ」コウヘイ君は能天気だ。風呂上がりなのか、髪がつんつん立っている。黄色いトレーナー姿は十代にも見えなくもない。

「こいつなあ、あの魚紋のママの息子やで」水島さんがそう言った。

「新開地では有名なママや。昔はレディースの総長やってたんちゃうかなあ。知り合った時は、ナンバーワンホステスやってたけど。まあ、変わり身は早いわ。そんなよしみで、コウヘイのやつちょっと教育してくれ言うてな」

預かったわけか。なるほどそうじゃなければ、こんなに可愛がるはずもないか。

「れなちゃん、大人しくしてるのかな」私は言ってみた。

「敏子はいつもどおりや言うてたけど、なあんも考えへん子やからな」

「見た目は良い子ですけど」コウヘイ君が付け足す。

「なんやお前。一緒に足抜けさせたくせに」水島さんが小突く。

「ちゃいますよ。うちのママに電話してきて、ママに憧れてるから、雇ってくれって言ってきたんだから」コウヘイ君はあくまで言い通す。

「でも、あきませんよあの子。部屋汚いし。言葉使い悪いし。暴れるし。ママは水島さんが来んかっても、僕に連れ戻させたと思いますよ」

「なんやれなのやつ、ほんま値打ちないわ」水島さんが不機嫌になる。

「でも、美人やし、スタイル良いし、のめりこんでる男がいるっていう事は適材適所じゃありませんか」私は笑った。「あの子には、向いた仕事みたいですよ」

「それより、家財道具売っちゃって大変ですね」

「いや、あの清掃屋に聞いたから、リサイクル業者から買い戻したわ。色付けてな」水島さんもしりぬぐいに大変だ。だが、その行動の速さが、彼の今の地位を築いたのだろう。

「それより、フロントからあんたにいうて、これ預かったわ」

彼は懐から、封筒を出してきた。

私は、彼の手元を見てから、下を向いた。

真っ白な封筒の上に、達筆な筆づかいで、

「小林　清美様」と書いてあった。

その流麗な文字に私は見覚えがあった。

ふと気づくと、手元のブレスレットが微かに揺れていた。


軽い頭痛が波のように襲ってくる。

私は頭を押さえると、目をつぶった。水島氏が凝視するように私を見ている。

ここはどこだろう。高い天井に、白い延々と続く壁。無機質な窓が見えてくる。エレベーターを昇って行くのか徐々に上がっていく。上がっていくと広い空間が見え人々が右や左へ足早に進んでいる。空港カウンターという文字が見えた。

歩いているのは誰だろう？　いや、見覚えのある花柄のスーツが目に入る。赤いキャリーバッグも見えた。横に艶のある黒髪の女の子が見える。彼女が手を挙げて、しきりと誰かに合図していた。


「高知空港だ」

私は、目を開くと静かに呟いた。

即座に水島氏が、

「おい！　高知空港や！」と怒鳴った。

間髪を容れず、私たちは荷物を持って、駐車場の方へ走って行った。

荷物をトランクへ放り込むと座席へ乗り込んだ。

車は、見送りの女将たちの前を通過して、ホテルの外へ出た。

水島氏は時計を覗き込んだ。

「空港まで何分や！」

山口さんが口ごもったので、私が、

「40分ぐらいかかるわ」と言った。

「早うせんと。急いでくれ」水島氏が呟く。山口さんは、はい、と、返事した。

「間に合わんかもしれんなあ」彼が小さく言ったのを私は聞き逃さなかった。

彼は、私に言わない何かを知っていた。というか、知りながら黙っていたのだ。

私の左手首で金のブレスレットが揺れていた。

「ああ、桜の花が満開やなあ」コウヘイ君が感動したようにため息をついている。

真っ青な空と、白に近く見える桜の花は鮮やかなコントラストを見せていた。もう満開を通り越して、はらはらと、花びらが散っていた。空港まで長い直線道路だ。

私は、しばらく迷った挙句、彼から渡された封筒を思い切って開封した。

白い封筒の中から、
手すき和紙の便せんが数枚出てきた。

「清美様

この手紙が、あなたの手に届くことを、切に願っております。

あなたが私に会いたくないと言う意思表示をされている以上、私はあなたの気持ちに従うことにします。

あなたの人生を、そしてあなたの未来を破壊してしまった私をどうか、許してとは言えませんが、心の中から消し去って下さることを望んでいます。

あれから、何回か連絡を取ろうとしましたが、周囲のみんなから拒否されてしまい今に至っております。

私は、あの事件後、嫁の父親から、とりあえず離婚届にハンコを押すように言われました。

それを、さくらが、今の今までずっと持っていました。

何回かは、提出しようと思ったようですが、彼女も思うところがあったようです。

私は、4月1日に、大阪に向かい、その後関空から台湾へ向かいます。

うちの稼業もこの10年で大きく変わりました。前のスタイルの販売方法では、先細りが見えているので、義父を説得して、ネット販売に切り替えていきました。

この10年で、商売も目まぐるしく変わっています。

私は、4月から台湾でお茶の研究所があるので、そこで学ばせてもらうことになっています。

何年かかるかわかりませんので。さくらにもよく話しています。

離婚届を出してもらうのもいいと、言ってます。さくらと義父で商売がなり立つようにもしてあります。

これは、もう何年も前から準備していたことです。


そんな時、私を訪ねてきてくれたのが、和夫君夫婦です。

あの人たちは、本当にいい人たちです。和夫君はあなたのことを本当に愛していますね。

長い時間私と話してくれて、私も出来る事なら全力であなたの行方を捜すと約束しました。


偶然とは重なるもので、あなたに対する情報もそのころから頻繁に耳に入ってきました。

天の配剤かもしれません。

興信所に頼んであなたの行方を突き止めた時に、おそらく私には会ってくれないだろうし、トラウマにもなっていることだろうと言うと、妻が、私が会いに行くと言ってくれました。

今思えば、彼女もあなたを確認したかったのだと思います。

あなたに会って良かったのは、さくらの気持ちが以前より穏やかになったことです。

私が生きている間には、あなたに会えないかもしれませんが、あなたから最高の思い出をもらったと思っています。

出会ったことを、反省はしたくないです。

どうか、幸多い人生を

篠山　博一」

私は、便せんをそのまま水島氏に渡した。

「見ても良いんか？」彼はそっと私を見た。私はうなずいた。彼はゆっくりと手紙を読んでいた。そして私に渡す。

「いい男やんけ」水島が前を向いて、呟いた。

「なかなかおらんで。そんな男。女に誠実にするっちゅうことは、なかなか難しいもんや」

　水島が遠くを見るような目で言ったので、
私は、「分かったようなことを言って、何なん」と、密かに呟いた。

飛行場へは30分ほどで着いた。山口さんが、

「私はここで待ってます」

と言うのと、私たちが飛び出すのが一緒だった。

「早うせな、あと15分ぐらいで出るで」

水島さんが私の背中に声をかけた。

私はそのまま走り出した。

この時、何も考えてはいなかったと思う。果たして、どうしたかったのかも、不明だ。

ただ、最後に一目見ようと思ったのかもしれない。

中に入って、エスカレーターに乗ると、夢中で駆け上がりそのまま搭乗口の方へ走っていく。

その時、

「関空行き」のアナウンスが聞こえてきた。

私は全面分厚いガラス張りの待合を覗き込んだ。関空行きの搭乗者は多い。

もう座っていた人たちが立ち上がってどっと、搭乗口に向かっている。

私は、荒い息を吐きながら、遅かったと崩れ落ちるような気持ちでガラス窓に両手をついた。

中にいる人が多くてわからない。

探したがどこにいるのか、皆が動くので確認できない。

ああ、遠くにさくらさんが女の子の手を引いているのが見えた。華やかな服装なので、目立っていたのだ。赤いキャリーケースも目に入っていた。搭乗口でＣＡにチケットを渡していた。後ろに12、３人の男がばらばらと立っている。どの顔も見覚えがない。

先に入ってしまったのかなあと考える。

遅かったのかなあと思った。

私は分厚いガラスを握りこぶしでたたいてみたが、誰も気づかない。自分の呼吸が荒くなってくるのが判る。握りしめた両手が微かに震えていた。

遠くで彼女が子供を連れて入っていくのを私はただただ眺めていた。

その時、向こうの方から、ベージュのスプリングコートを着た男性が近づいてきた。視界の端に微かに見えていた人だ。さっきからこちらを見ていたようだ。変な話だが、私は薄々それに気づいていた。気になって、まともに視線を向けられなかったのだ。ある種の恐れで、動けなかった。

やがて、私は、視線をその男に向けた。彼は、私から少し視線を外し、ためらうようにこちらに向かって歩いてくる。しっかりした歩調で迷いなく歩いてくるその動きに、私は失ったものを見つけた気がしていた。すぐにガラスごしの真向かいに彼がやって来た。

目の前に彼がいた。

その瞬間、私の中では彼しか見えなくなっていた。（彼がいる…）乾いた口の中で、つぶやいた。

少しやせたように見えるが、穏やかで知的な表情。こちらに向けた視線が、やや物憂げで、しかも温かい。問いかけるように微かに首を傾けた。

間違いなく、彼だった。冷めたような青白い表情に懐かしさを感じる。

10年たっても、変わらない様子だ。私を見て微かに微笑んでいた。白い歯が少し覗いている。

彼は、至近距離に来ると、ガラス窓に置いた私の両手に、彼の手を重ねた。

私たちは、ガラス窓越しに向き合っていた。私は夢中で彼の顔に自分の顔を近づけた。すると、彼の方も、ガラスに顔が付くぐらい近づいてきた。

ガラス窓がなければ相手の吐息が聞こえるぐらい。

分厚いガラスから彼の手のぬくもりが伝わってくるような気がした。

さらに私たちは、窓ガラスに顔を近づけた。ガラスが両側から曇ってくる。その曇りは徐々に面積を広げてきて、相手の姿がぼんやりと霞んで見えた。

それが20秒ぐらいだったのか、それとも2分ぐらいだったのか、今となっては分からない。

不意に私の目から大粒の涙が一粒零れ落ちた。それが合図だったように、次から次へと涙が流れてきた。もう、彼の顔が見えないくらいになってしまう。

彼は、私の表情を脳裏に刻み込むようにじっと見つめていた。そして、彼の見つめる視線が私には痛いほどよくわかった。どのぐらい経っただろう。

再び「ご搭乗お急ぎ下さい」のアナウンスが聞こえる。もう、時間に余裕がなかった。

不意に彼は窓ガラスから手を放すと、数歩下がって私に深々と会釈した。

そうして、くるりと反転して、そのまま真っ直ぐに搭乗口に歩き始めた。大股で、足早に。コートの裾が大きく翻っていった。

行ってしまう……。私は、小さく呟いた。

その間、彼はもう再び私を見ることはなかった。


私は、ガラス窓に両手を付けたまま、そのままずっと立ち尽くしていた。


どれだけ時間が経っただろう。

水島氏がポンと肩をたたいた。振り向くと、コウヘイ君が後ろについていた。訳が分からないままもじもじしている。

水島氏は、

「飛行機が出るのが見える所へいきましょうか」と言った。

「おい、山口さんに、ここで食事するから駐車場へ車預けるように言うてき」

そう、コウヘイ君に声をかける。彼はすぐに走って行った。

水島氏は、ガラスから私を引きはがすように、肩に手をかけた。

「屋上へ行こうか？」そのまま私の肩を抱くように動き出した。


屋上から見ていると、桜の花びらがひらひらと舞っていた。

「桜ももう終わりやなあ」

彼は感慨深げにそう言った。

見るまに花びらが次から次へと私たちの周りに降ってくる。

彼のスーツの肩にひとひらの花びらが舞い降りた。

飛行機は離陸態勢になり、滑走を始める。徐々に速度を速め、だんだんに轟音が響いてきた。

やがて離陸していく。

その光景に桜の花吹雪がはらはらと舞い散ってくる。

私の肩にも、頭にも桜の花びらは落ちてきた。

飛行機は、花吹雪の中を、轟音を響かせて発って行った。

その姿を私は、いつまでも眺めていた。

私は、暫くして自分が静かに涙を流しているのに、気が付いた。

それは悲嘆の涙でもなく、後悔の涙でもない。

ただ、惰性のように流れてきて、そして私の心の中を洗い流していった。


水島さんは、少し離れた位置に立っていたが、

「いい光景やったなあ」と誰に言うでもなく呟くように言った。

「あの男も、なかなかいい男でしたけどな」

彼はそう言うと、スーツの内ポケットに手を入れた。私を見て、

「あの男、あんたにはなんもしてやられへんけど、借金があるって言ってたから、それを払いたいって言ってきましてなあ」

私は、はたと彼を見た。

「あの人に会ったんですか？」

「いや、嫁さんから連絡があって、敏子が連絡先を教えてくれた。電話で話しただけやが、真面目ないい男のように思ったなあ。結局あんたに惚れとったちゅうことや。しゃあない。人生ってそんなもんでっせ」そう言って彼は私に近づくと私のあごに指を当てた。

「あんたも、一人の男を狂わせるほどのものを持ってたちゅうことやなあ」

彼はそう言うと、だから女は怖いと呟いた。彼の人生経験での実感なのだろう。

「まあ、あんたの借金、まだ200万ほど残ってると言ったら振り込んできよったんですわ」

水島は、胸元から折りたたんだ紙を出した。彼からその紙を受け取る。

私が拡げると、

「領収書　200万円　小林　清美様　借金完済　200×年4月1日　水島金融」と書いてあった。

「これと同じ領収証をあの男にも送っとる。うちは明朗会計やからな。これであんたも自由の身や。これからは好きにしてよろしいですよ」

水島はにやっと笑った。奇妙にいびつな笑いだった。

そう言われても、私には思いつくことがなかった。

どうするべきか、何も考えられなかった。

「このまま高知に残ってもええし、どこなと好きな街へ行ってもかまへん」

彼は、少し残念そうだった。何か、もの言いたげでもあった。

「それで？」と私が言った。

「私がどこかへ行っても本当にいいの？」

彼は、少し下を向いた。足元をじっと見ている。焦げ茶色の洒落た靴先が右へ左へ動いていた。

「俺は、基本女は止めないんですよ。止めても、無駄なのが分かるから。まあ、いろんな経験上」

私は、彼の顔を凝視した。そして、この男に似合わない、いじいじした言動に私は、思わず涙ぐんでたのを忘れて、少し苦笑し、それから、こらえきれずに笑いだした。

それは、身体中を包み込んで、やがて私は波のように体を震わせて笑っていた。

私は思う。笑うって、最近私が笑うって、あっただろうか？　そう思ったものの、この衝動は抑えることが出来なかった。両手が震えている。

いつの間にか私は両手で自分を抱くようにして笑っている。

こんな、ハッピーな気分の笑い方は初めてかもしれなかった。

「そやけどなあ」切羽詰まったように彼が言った。

「??」私は、何よ！　と言う風に彼を見た。何か言いたげなのが、よく分かる。

彼は体を動かすと、私にきちんと向き合った。

「あんたは俺の見てきた中で、一番の上玉や。いなくなるのは惜しい」

なんて、あほなことを言うのか。それを聞いて私はまた笑いが止まらなくなる。

なんて男なんだ。

最初キョトンとした顔で私を見つめていた男も、やがて伝染したように笑った。

私たちは、二人して、秘密めかしていつまでも、笑っていた。

そうしているうちに、私は少し歩き出すことにした。

いずれ、彼らが捜して上がってくる。

私は「コウヘイ君たちが来るわ」と言った。そうしてドアの方に向かおうとした。

すると、水島は私の後ろ姿に向かって、

「じゃあ、一緒に大阪へ帰ろう」確認するように言った。その少年のような言い方に私はまた笑いたくなる。隠し玉を持っている男だ。

それを断る理由は何処にもなかった。

「それより、食事しましょうよ」私は返事をはぐらかした。

私たちはどちらからともなく入り口へ向かって歩いて行った。

はらはらと舞う桜の花びらは私たちを追いかけるように舞いながら、降りかかってきた。

水島「そうか！　まず食事やな」彼が自分自身に言い聞かせるように低く言った。

私たちは、どちらともなく、お互いに歩み寄っていた。

著者プロフィール

北村 久美子（きたむら くみこ）

徳島文理大学薬学部卒業。大阪府在住。

病院や調剤薬局などで薬剤師の仕事をする。

ケアマネージャー、介護福祉士の資格取得。

ケアプランセンターの経営者もしていた。

趣味はピアノ演奏。短期間であるが、レストランやバーでの演奏経験あり。ほかに、書道、水墨画、油絵、茶道。

著書『シンプルライフ』（2023年5月、文芸社）

四国 その向こうの逢魔が時へ

2025年 4 月15日　初版第 1 刷発行

著　者　北村 久美子
発行者　瓜谷 綱延
発行所　株式会社文芸社
〒160-0022　東京都新宿区新宿1－10－1
電話　03-5369-3060（代表）
03-5369-2299（販売）

印　刷　株式会社文芸社
製本所　株式会社MOTOMURA

ISBN978-4-286-26323-6